Qué raro que me llame Federico

Yolanda Reyes

Qué raro que me llame Federico

ALFAGUARA

Primera edición: junio, 2016
Primera reimpresión: noviembre, 2016
Segunda reimpresión: marzo, 2017

Impreso en Colombia–*Printed in Colombia*

ISBN: 978-958-8948-45-4

Compuesto en caracteres Garamond
Impreso en Nomos Impresores, S. A.

Penguin
Random House
Grupo Editorial

Para Isabel

Entre los juncos y la baja tarde,
¡qué raro que me llame Federico!

FEDERICO GARCÍA LORCA

I

Había una vez...
—¡Un rey! —dirán enseguida mis pequeños lectores.
—No, muchachos, se equivocan. Había una vez un
pedazo de madera.

CARLO COLLODI, *Las aventuras de Pinocho*

1

¿De dónde vienen los bebés? Del deseo, quiso decirle, mientras leían el libro, como cada noche, él inclinado sobre las ilustraciones, con la cabeza de motas negras tan cerca de su brazo, y ella pensando cómo lo había imaginado de distinto. Paloma iba a llamarse, pensó en aquel vestido de bailarina que tuvo el impulso de comprar imaginándola: imaginando en femenino, piel dorada, ojos de miel y rizos de oro, pasó la frase en un instante, y ella la espantó como si fuera una de esas cajas de las que salta un payaso de resorte, para concentrarse en las palabras que leía. *Papá y mamá se encontraron un buen día, se gustaron y decidieron que querían pasar juntos mucho tiempo,* ¿así de simple, así de fácil?

Federico pasó la página, como era siempre en el ritual: tú pasas la página y yo te leo. Fue deslizando el dedo por esas *hormiguitas*, como le dijo la primera vez cuando estuvieron por fin solos, los dos juntos en esa habitación de hotel, y ella entendió desde las tripas qué era tener un hijo y cómo era eso de quererlo. Ya los papás del cuento se habían desnudado y estaban en la página de los detalles técnicos: *El espermatozoide se unió al óvulo y esa semillita comenzó a crecer en la barriga de mamá,* leyó mirando la cabeza de su hijo y su dedo que recorría de nuevo las hormiguitas de palabras: mañana tenía que cortarle las uñas, ni un día más con esas garras, pero mañana era otro día y cada día traía su afán. Entonces se dio cuenta, por un temblor imperceptible de rodilla, de que al niño no le interesaba llegar hasta el final del cuento.

—¿Sigo leyendo, o tienes sueño?

—Como tú quieras, mamá.

—¿Y qué quieres tú?

—Pues me da igual —le contestó, pero pasó la página, sin muchas ganas, y ella siguió leyendo hasta el final, que era una imagen del bebé recién nacido en brazos de sus padres. Final feliz, al menos en los cuentos.

—¿Cómo te pareció?

—Muy bueno.

Muy bueno no es una respuesta, pensó decirle y se contuvo. Le habría gustado aclarar también que los bebés venían de muchas partes, pero quizás no era tan cierto. De un óvulo y un espermatozoide, así ella no supiera por qué se habían juntado aquellos dos, ni en cuáles circunstancias.

—Mañana volvemos a leer *El hotel de cinco cucarachas* —bostezó Federico y estiró las piernas en su cama, y ella no tuvo más remedio que salir a refugiarse en las noticias.

Chubascos aislados en toda la península para mañana, 21 de octubre de 1996, anunció la presentadora, y ella se acordó de que tenía que comprarle ropa de invierno: el próximo fin de semana, sin falta, y dos tallas más pequeña. Vio en la pantalla un bote de inmigrantes, y si alguien le hubiera preguntado de qué país habían llegado y cuándo pensaban deportarlos habría tenido que recurrir a las respuestas evasivas de su hijo cuando repasaban las lecciones y él parecía venir desde otro mundo… ¿Qué mundos visitaba? La imagen se quedó dándole vueltas: dos niños negros, el bebé en brazos de una socorrista, y el otro, ¿o era niña?, de dos años o tal vez tres, cómo saberlo. Desnutrición aguda, decía el corresponsal del telediario, pero ella solo vio los ojos, negros como la pez: ojos de asombro, ¿o era miedo? Los ojos brillantes en las caritas demacradas. Los ojos son los mismos así cambien las caras, pensó en los ojos de Federico el primer día, *como dos ventanas que miran al mar,* y vio su foto mirándola desde la mesita, con esas voces sonando en el televisor a miles de kilómetros.

Al otro lado del pasillo sintió al niño levantarse. Oyó sus pasitos hacia la cocina, el sonido de nevera y de cajones y el roce de pijama deslizándose en la caja de cartón. Había pensado que ya era hora de deshacerse de ella porque Federico llevaba más de dos meses sin usarla, pero la psicóloga le había advertido que solo él podía tomar la decisión. ¿Y si nunca decidía? Por los ruiditos de *ratón comegalletas* se dio cuenta de que su hijo necesitaba de nuevo vivir un rato entre su cueva de cartón, y volvieron otra vez esas imágenes: los ojos clavados en un punto fijo, la fuerza que había hecho para llevarla hacia esa caja que estaba ahí en la calle y la forma como se había metido, casi reptando, en un segundo. Fue la primera pataleta que hizo en público mientras ella trataba de convencerlo, primero por las buenas: apareciendo y desapareciendo, jugando al escondite, como cualquier mamá que encuentra y desencuentra al hijo, a pesar del viento helado y del presentimiento de estar bordeando un juego peligroso. Que es hora de cenar y que hace frío y que es de noche, le dijo a medida que el presentimiento se mezclaba con las sombras, pero ninguna frase funcionó. Fingió que cerraba la puerta del edificio y lo dejó escondido y regresó después de un minuto que parecía la eternidad y lo vio ahí acostado, hecho un ovillo, y descubrió que sus palabras no podían atravesar los muros de cartón y dobló el cuerpo como pudo para sacarlo y lo agarró de un brazo y él comenzó a gritar: mamá mala, tonta, fea, *no te tiero*, mientras los vecinos pasaban con sus prisas y sus compras haciéndose los ciegos y los sordos. Entonces supo que había llegado ese momento de poner límites a los chantajes infantiles, según le habían anunciado sus amigas y las revistas sobre crianza que ahora devoraba, pero él gesticuló con pies y manos, encerrado entre su caja, y le gritó tú no eres mi mamá, directo al centro del dolor, y ella se aferró con las cinco uñas al brazo de su hijo y vio que a él le dolía, pero no tanto como a ella, y él repitió la frase en un aullido: tú no eres mi mamá, tú no, no eres, y apareció el viejo del noveno con su perro y le hizo un gesto, como diciendo yo me encargo. ¿Pero qué pasa?, le preguntó a Federico, mientras el perro le daba vueltas a la caja. ¿Quieres hacer una fortaleza de piratas? A ver cómo convenzo yo a tu madre y a ver cómo me ayudas tú, porque así con esos gritos… Entonces Federico asomó la cabeza por una rendija y le explicó que ahí era, que esa era Bobotá. El viejo guiñó un ojo y ella no tuvo más remedio que subir por la escalera con esa caja de lavadora que ahora volvía a saltar de los recuerdos, y la imagen regresó: el viejo, el niño y ella cargando la *casita*, con el perro detrás, y esos tres días que siguieron con Federico viviendo en Bobotá. Sacaba frutas y galletas y se iba a comer dentro de su cueva, con el osito y el camión amarillo del Día del Abrazo. Quizás era un recuerdo de su otra vida, le dijo la psicóloga, y recomendó dejarlo jugar sin asustarse para que el niño pudiera elaborar ese recuerdo. Hacía varios meses que Federico no necesitaba comer dentro de la caja, hasta ese día. De dónde vienen los bebés, pensó en el libro, *¿de dónde vienes, amor mi niño?,* y vino García Lorca a la memoria, y sintió otra vez un aguijón con los misterios de su hijo y con todo lo que ella jamás podría quitarle y tampoco podría darle jamás, cómo lidiar con los fantasmas. Los pasos sonaron por el corredor y oyó que Federico se deslizaba entre la cama. La idea era no hacer nada. Dejarlo estar ahí, sin hacer nada.

Instantánea en El Dorado

Cuando seas mayor de edad irás a donde quieras y, si es estrictamente necesario, podrás averiguar. Estrictamente qué hago aquí, pensé en el mapa de las rutas de Colón de quinto y vi la nieve, no sé por qué, si casi nunca hay nieve, y cuando todos salían a jugar yo *circunnavegaba la mar Incógnita* con el dedo hasta Colombia y hundía la uña en ese punto con la palabra Bobotá; tesoro, se dice Bogotá. En esos días había empezado a odiar la historia del abrazo y odié también las frases que unían los episodios, los entonces yo te vi, las conjunciones, *y tú venías de la mano de la trabajadora social*, y odié esa imagen que inventaste: corriendo yo feliz, en cámara lenta, como si fuera tan fácil decirte mamá, mami, mamita, de repente, y darte esos abrazos de las fotos, como si hubiera sido así, solo feliz, sin ese hueco en el estómago porque ese día había lentejas en un plato blanco con flores azulitas, de eso siempre me acordaba, pero yo no comí lentejas, a mí ya no me dieron, y me bañaron con agua helada y me peinaron con algo pegajoso y el pelo me quedó como un alambre. Yo me pasaba el dedo por esos alambritos y me dijeron que me iba a despeinar, tanto trabajo para nada, y me llevaron a un salón que era muy rojo y practicamos para decirle mamá a la señora de la foto; señora no, así no se le dice a la mamita, señora no sino mamá, mamita, mami, practiquemos. Y mientras tú contabas el mismo cuento del abrazo, a mí se me pasaban películas distintas: con una misma historia se pueden armar tantas películas, de amor y de terror, o de ambas cosas a la vez, y ya no quise que volvieras a contarme nada, quién iba a creer en Papá Noel a los once años, y ya tampoco funcionaba repasar juntos las fotos en el álbum. Fue en unas vacaciones, ¿quinto a sexto?, cuando empezaron las preguntas, o cuando supe que empezaron: dejaba abiertos los cajones del armario para apoyar los pies, como escalera, y una tarde se rompió la tabla y te pusiste muy furiosa, pero a mí no me importó porque eran los días en que no me importaba que ya no me quisieras; yo solo pensaba en ese álbum, y repasaba las fotos anteriores, las *Otasfotos*, como decías que les decía.

Estoy con pantalón rojo, el de *tu* foto, así le dices, y dices que con esa foto te enteraste de *Mi existencia* y se te llenan los ojos de agua, siempre, siempre, pero yo hago *zoom* a los botones negros. Botones negros sobre tela roja:

yo no sabía desabrocharlos, y siento el pantalón mojado y veo la tela, y el olor, y no me acuerdo de si era corto o era largo y tú sigues hablando, voz en *off*, y a mí me da por preguntar, por preguntarme, si era largo o corto el pantalón, como si eso importara, y luego me pregunto quién enfoca y quién manda hacer esa sonrisa para foto, pero tú sigues hablando, hablando, un radio mal sintonizado, y dices que fue amor a primera vista. Esa fue mi obsesión, enamorarte, y luego vino la obsesión contraria, averiguar quién más, antes de ti, me había tomado fotos, y así pasaba horas, examinando *El material*, para encontrar algún detalle que me llevara de regreso a los recuerdos que tú no podías recordar porque eran solo míos, míos, míos, como esas fotos sueltas que no dejaban saber cuál era antes y cuál era después. Y desde entonces hasta BOG cambiar de voz, cambiar de piel, seguir curso tras curso haciendo redacciones, mi casa, mi ciudad y mi familia, memorizando puntos en los mapas, perdiendo matemáticas, contigo detrás, en busca de solidaridad: mi hijo no tiene bases y nunca estuvo en el colegio, no conocía las letras ni los números y estaba desnutrido, y yo escuchaba ese relato de mí mismo que tú no me habías contado y que desperdigabas entre mis profesores sin permiso, como si no tuviera orejas, como si fuera tu osito de peluche, tu cuota de bondad con ese mundo injusto donde me habías *recogido*. Dijiste que hacía frío en Bogotá, cómo se nota que hace tiempos que no vienes, cómo se nota que no tienes ni idea de Colombia, y yo sudaba, y no sabía qué hacer con el abrigo. «Disculpe las molestias, trabajamos para usted: Nuevo Aeropuerto El Dorado 2012», decía un cartel a la salida, y un policía comparó la etiqueta de rojilla con la del desprendible, BOG, y volví a verificar el código, como si estuvieras mirándome: *verificando* que no se me perdiera tu maleta. Como si me estuvieras viendo por esa puerta enana, por ese vidrio opaco que se abría y entonces sí: había llegado a Bobotá.

2

El primer bebé antes de los treinta, era un cliché de su generación, pero como nunca se le había ocurrido tener hijos, el plazo no contaba para ella. Había empezado a trabajar en una editorial desde la práctica universitaria y luego la habían enganchado como asistente de la editora de textos escolares, sin contrato permanente. De textos escolares había pasado a ensayo y cuando la asistente de literatura tuvo licencia de maternidad, le preguntaron si podría con ensayo y literatura. Como además de brillante era eficaz, logró duplicar su sueldo y manejar los dos trabajos, más las clases de francés, hasta que la contrataron como directora de Comunicaciones. En un momento descubrió que todos los jefes se peleaban por tenerla: hablaba perfectamente inglés y sabía alemán por ser su lengua materna, pero además se había pasado la infancia dando vueltas por Europa. Los seis colegios que enumeraba, fuera del de las monjas en Madrid, la habían convertido en una especie de camaleona, o de ciudadana del mundo, como decía su familia con orgullo, y aunque ella dudaba cada vez más de las ventajas de haber sido forastera, podía reproducir cualquier acento. Sus compañeros de la editorial se reían cuando tenía que llamar de larga distancia a los autores latinoamericanos porque todos podían adivinar: Belén está hablando con Bogotá, con México, con Buenos Aires, pero no lo hacía por imitarlos, ni mucho menos por burlarse, sino porque la música se le pegaba sin querer. Entonces un buen día decidió mandar al diablo las perspectivas laborales que le ofrecían en la empresa y vendió sus muebles para estudiar traducción literaria en Oxford. Allá se enamoró de Harry, el profesor de Drama Isabelino, y se fue a vivir con él, pero al terminar la maestría le ofrecieron dictar en Bruselas un seminario de español neutro para traductores. Acordaron verse cada mes para que no se les dañaran sus carreras, hasta que en uno de sus viajes Harry le confesó que soñaba con algo más estable: tener una familia, hacerte un hijo, por ejemplo, y ella se vio criando bebés en el aburrimiento de ese pueblo. Europa estaba a su alcance y no era fácil encontrar traductores con experiencia editorial, así que cumplió los treinta en París en una cumbre de la Unesco y luego voló a Londres para dejar a Harry, porque el amor no funcionaba, eso le dijo: «No funcionaba», en la distancia. Celebró los treinta y uno en las pirámides de Egipto con un novio holandés que le duró solo el verano, los treinta y dos en Estocolmo como traductora de jurados para el Nobel, y los treinta y tres en Madrid organizando las bodas de oro de sus padres.

Entonces sintió que había llegado la hora de volver, en parte porque tomó conciencia del paso del tiempo al ver la forma cansada de andar de su mamá, y en parte porque su papá se enfermó de cáncer unos meses después y cada vez que el teléfono sonaba, a ella se le salía el corazón. Luego de una crisis de pánico volvió a cerrar su apartamento de Bruselas, voló a Madrid y se presentó un día en la editorial con cara de hija pródiga. Acepto cualquier cosa, le dijo al jefe máximo. No había vacantes, pero la llenaron de traducciones y de manuscritos por leer y eso le permitió cuidar a su padre hasta el final. El día del funeral se reencontró con su prima favorita de la infancia, que estaba embarazada, y lloró sobre sus pechos voluminosos, que contrastaban con los suyos, y se sorprendió mirando con envidia el brazo protector de ese marido que casi no podía abarcar su cintura de ballena, y ya no se vio esbelta sino escuálida, y el cuerpo, solo el cuerpo, le recordó su posibilidad de tener hijos, pero pensó también que habría que comenzar por buscar un hombre, al menos para hacer la parte que no podía hacer sola. Quizás también a los mensajes corporales se sumaron otros desperdigados entre las escasas amigas suyas que estaban criando niños y las conversaciones sobre novios se habían trasladado al ámbito de las niñeras y discutían libros con títulos tan poco originales como *Tu hijo* o *El parto natural*, y el punto de reunión se había desplazado a las zonas de juegos infantiles de los parques.

Por esos días, Pepe la invitó a servirle de intérprete en la Feria de Frankfurt. No solo era el jefe máximo sino también casado y padre de dos niños, el menos indicado, pero durmieron juntos en la feria y él le confesó que ella era su amor platónico desde sus tiempos de becaria. Y todos esos días buscando manuscritos para publicar en español la hicieron creer que compartían otros proyectos. Él insinuó que había sufrido mucho por ser hijo de padres separados y aunque agregó, para no ser concluyente, que eran otros tiempos, ella se descubrió contando los años que faltaban para que crecieran esos hijos, como quien dice, a buen entendedor, y en el avión de regreso a Madrid le dijo que era mejor no dañar sus relaciones laborales.

Dejó de verlo varios meses, salvo por asuntos de trabajo, hasta la Feria de Bolonia, cuando Pepe volvió a pedirle que lo acompañara a buscar autores de libros para niños: la nueva mina de oro del mercado, aseguró, y ella se ilusionó mientras descubrían el mundo de la literatura infantil y soñaban juntos con crear un pequeño fondo de libros ilustrados dirigido por ella. La tercera noche, después de negociar los derechos al español con una ilustradora checa, hicieron el amor, pero ella cometió la estupidez de confesarle que estaba en un día fértil y que podía pasarle cualquier cosa. Él la acusó de manipuladora, y ella salió llorando de ese hotel de cinco estrellas y caminó por las calles desiertas, en busca de una pensión. Se quedó en Bolonia durante el resto de la feria haciendo contactos, ya no para la editorial, sino para aprender. «O para sublimar ese deseo», según le dijo burlonamente Sergio, el director de Diseño, cuando volvió a Madrid con la maleta llena de libros para niños.

Avenidas negras

¡Taxi, taxi!, decían a la salida; ¿taxi, taxi?, preguntaban, como si fuera una palabra prohibida, y recordé tus advertencias: tú no hables con extraños, que Bogotá es una ciudad muy peligrosa. Lo dijiste cien veces en los últimos días antes del viaje: no hables, no mires, no te muevas, y busca un taxi oficial del aeropuerto, taxi de sitio, dijiste exactamente, y Viridiana me dijo por Skype que ahí en el aeropuerto cualquiera podía decirme dónde encontrar taxis autorizados, que de dónde había sacado eso de taxis de sitio, que se iban a dar cuenta de que yo era extranjero y me iban a tumbar, repasa las lecciones de cultura colombiana, se me burló, pero yo no te dije nada para no hacerte sentir que no sabías hablar como en Colombia. Un hombre me preguntó a dónde se dirige el caballero y yo saqué el papel con la dirección del hostal. A Chapinero, veinte dólares, cuarenta mil pesos, quince euros, más propina voluntaria, se aceptan todas las monedas, se rio: claro que si el caballero prefiere un taxi autorizado, le cuesta el doble y le toca hacer la fila allá, y yo miré la fila, peor que la de migración, y decidí irme en su taxi, pero no hagas esa cara que todo salió bien. Me dijo que se llamaba Jaime, me preguntó mi nombre y me advirtió que si un policía nos paraba tenía que decirle que venía para la casa de la señora Marta Peña, apréndase ese nombre, mijo, Marta Peña, y que él era su conductor, y trató de cargarme la mochila, pero se arrepintió al sentir el peso y me la devolvió: parece que cargara piedras, pilas con la cámara, aquí hay que tener mucho cuidado, y prefirió encargarse de rojilla. Yo me acordé de la caja de tesoros que me habías entregado y tuve miedo de perderme porque Jaime iba corriendo y se abría paso entre una tonelada de camionetas enormes con luces intermitentes, te juro que no había visto tantas Toyotas juntas en mi vida, ni siquiera cuando te ibas a las cenas con autores y yo me quedaba mirando *Miami Vice* sin que supieras, y seguimos caminando, yo con la mochila y Jaime arrastrando a rojilla hasta un Renault 9 azul, sin señales de taxi en ninguna parte, y entonces sí que me dio miedo, pero más miedo no subirme.

Muévase, que me clavan una multa, dijo Jaime, mientras un policía hacía sonar un silbido insoportable y otro nos amenazaba con una multa por dejar el carro en sitio prohibido. Jaime le preguntó que cómo hacía si no había sitios permitidos, que ese aeropuerto era *un despelote*, y comenzamos a andar por avenidas negras y mojadas que parecían de una película de guerra, con toneladas de soldados. Tienes razón: andan armados, pero Jaime me explicó que no se meten con *la gente común y silvestre*. Parece que va a llegar el presidente, dijo, por eso hay tanto operativo, y seguimos pasando por avenidas oscuras con luces temblorosas y las casas, los parques y los edificios me parecieron tristes, encerrados entre rejas, pero las rejas tenían formas muy locas: a veces eran flores o rombos o simplemente alambres circulares, y Jaime se pasaba todos los semáforos. Dijo que era normal, que no me preocupara, que lo peligroso en Bogotá era quedarse ahí, como un idiota, a esas horas de la noche, frente a un semáforo en rojo.

25

3

Después de lo que vio en Bolonia, Belén se dedicó a
crear una pequeña editorial y decidió llamarla Lapislázuli,
por unos aretes que le había regalado Genoveva, la ilustradora colombiana. Alquiló una oficina diminuta y conven-
ció a Sergio de abandonar su cargo de director de Diseño de
la Gran Editorial por un sueldo menor del que le pagaba el
gran jefe, pero con la promesa de convertirlo en asociado. Él
se dejó convencer, en primerísimo lugar porque le fascinaba
ella, y en segundo lugar, la explicación oficial, porque estaba
aburrido de venderle el alma al diablo. Durante el primer
año trabajaron hasta después de medianoche, sin fines de
semana: ella buscaba autores, leía manuscritos, negociaba
derechos, traducía y hacía la corrección de estilo, el aseo
de la oficina, las cuentas y el café. Sergio era el encargado
de volver todo tangible, desde el concepto, la imagen y el
logo de Lapislázuli, hasta los detalles más pequeños: el tipo
de letra y el tipo de papel, la mezcla de colores, la relación
entre el texto y la imagen de cada libro, de cada página del
libro y de cada renglón de cada página. Acordaron editar
diez títulos anuales, y aunque se dieron cuenta de que era
demasiado trabajo, ya era muy tarde para dar marcha atrás.
Estuvieron a punto de matarse: a veces de rabia, a veces de
sueño y de cansancio y otras veces de risa, y vieron amane-
ceres en las imprentas más baratas, hasta que se toparon con
un impresor de biblias que tenía una tipografía y estaba en
bancarrota. Entre los tres se dieron el lujo de experimentar
hasta lograr los resultados esperados: cada libro como un
objeto singular, como una obra de arte que quedará grabada

para siempre en el alma de los pequeños, proclamaba Fermín, con el tono mesiánico que conservaba de sus tiempos bíblicos. Qué paradoja, decía Sergio: tú y yo, que somos como Herodes, haciendo libros para niños con este sobreviviente del franquismo.

Hicieron el lanzamiento de Lapislázuli en la Feria del Retiro con cuentacuentos, helados y cientos de críos malolientes, como los llamó Sergio, y él se encargó, además, de hacer los contactos con los medios, de dar consejos a los padres y de besar la cabecita de sus «clientes». Esa noche se fueron a bailar y por primera vez no mencionaron los libros para niños. Se puede dañar este negocio, alcanzó a pensar Belén mientras el cuerpo de Sergio la mecía, pero no le importó. Había sabido siempre que él se moría por ella y pudo aceptar por fin, mientras bailaban, que a él no lo había seducido su proyecto editorial, sino la perspectiva de compartir el día y la noche, de lunes a lunes, sin fines de semana, haciendo libros para niños. Y si también se te ocurriera hacer biblias yo te secundaría por puro amor… ¡al arte!, le declaró Sergio esa noche. Ella intentó tomarlo en broma: no más martinis para Sergio, pero algo raro flotaba en el ambiente: tal vez un duende del tablao o tal vez se habían alborotado las hormonas locas de la primavera. Tal vez el éxito del lanzamiento y la soledad se habían mezclado; el caso es que acabaron besándose y el caso es que acabaron en la cama. Peligro doble, volvió a pensar Belén: estaba en un día fértil y a punto de echar a perder el trabajo editorial de tantos años.

—¿No te parece que nos estamos enredando? —le preguntó sin mucha convicción. Pero ya estaban enredados.

Pensión de cinco cucarachas

Me habías explicado mil veces que en Bogotá hacía frío, o bueno, no exactamente frío, sino un fresco de otoño o primavera. Yo te pedía que fueras más específica y volvía a preguntarte, ¿otoño o primavera?, pero decías otoño y primavera, y a veces te quedabas muda, pensando, y me decías, invierno también, por las heladas, si supieras el frío que hace en la madrugada, y luego, a mediodía, puede subir a veintitantos. Yo me quedaba mudo, imaginando o recordando, porque era difícil imaginar, o recordar, y tú preguntabas, ¿es verdad que no te acuerdas?, a veces con un tono de menos mal que no te acuerdas, pero luego, cuando te dije que quería ir a Bogotá, que me interesaba hacer una pasantía, volviste a preguntar, ¿en Bogotá?, ¿por qué?, y yo te contesté, para conocer, para acordarme, y tú volviste a decir, ¿en serio no te acuerdas?, pero tu tono era distinto, un tono de no te hagas el extranjero, y yo qué más podía decir si era cierto, si de nada de eso me acordaba, y ahora estaba pensando dos cosas a la vez: una, que tenías razón, que en Bogotá hacía calor y mucho frío, porque la cama del albergue parecía mojada, y dos, que también podías tener razón cuando decías que aquí no iba a encontrar nada. Pero ya estaba en BOG, y al fin, después de dar vueltas y vueltas con Jaime, habíamos logrado dar con la pensión.

Un poco cansado, fue lo primero que te dije. ¿Pero bien?, tu frase recurrente. No te preocupes, estoy bien, te contesté: el mantra por Skype para tranquilizar a la mamá. ¿Y qué tal está el hostal?, te tembló la voz, por la señal: hostaaal, me llegó la palabra, de robot. No es una pensión de cinco cucarachas, pero tampoco es un hotel de cinco estrellas, contesté para desviarme al terreno compartido de nuestros libros para niños, pero tú siempre más astuta pediste que te mostrara el cuarto con la cámara. Está pésima la señal, me disculpé, y tú insististe: ¿lo que veo detrás es una cama camarote, es cuarto compartiiidooo? Te dije que no había llegado nadie más y me di la vuelta para buscar un ángulo mejor, pero no había ángulos mejores. Solo la hamaca, quizás un toque de color local, y la enfoqué, y tú preguntaste si esas manchas en la pared eran de humedad, y luego otra pregunta, si había llevado, traído, los inhaladores: te diste cuenta por mi voz, aunque yo no te había querido decir nada.

Soroche, por la altura, sobre todo les pasa a los viejos: llegan a Bogotá y ahí mismo les da gripa, o creen que es gripa, pero no es gripa, son los pulmones, son los años, me había explicado la *niña de recepción*. Así la llamó el portero cuando llegué en el taxi que no era taxi, voy a llamar a la *niña de recepción*, y salió una mujer que no era niña: cuarenta años por lo menos, toda dormida, y mientras me estaba registrando me contó que su mamá había resultado alérgica: cuando pisaba Bogotá, se ahogaba y comenzaba a estornudar así como estaba estornudando yo, no me diga que usted va a resultar alérgico. Alérgico a qué, le pregunté, y ella me dijo, a qué va a ser, a Bogotá. Le dije que había nacido en Bogotá, y ella me estaba entregando el pasaporte, que había fotocopiado. Aquí dice que es español, me desafió, y yo le dije que una cosa era la nacionalidad y otra el lugar de nacimiento. Pues uno es de donde nace, dijo, y me entregó una llave antigua. Le pregunté por Arturo y me dijo que él solo estaba a partir del lunes: ¡en horas hábiles!, y eso fue todo: el corredor con ese olor a moho y luego la puerta que no abría, y tener que volver a llamarla. Es que estas llaves tienen su maña: aprenda porque no voy a estar a todas horas despierta para abrirle.

En serio, no está mal… la pensión, volví a decir, para no preocuparte.

Y claro, tú te preocupaste.

4

Sergio se fue a vivir con ella poco a poco: primero dejó el cepillo de dientes y luego el agua de Colonia, y cuando regresó de visitar a sus hermanas en Brasil, sacó de su maleta la ropa sucia y la lavó en su lavadora. Ella había ido a recibirlo al aeropuerto como si su regreso marcara el comienzo de otra etapa y habían llegado directamente a su piso, y mientras desocupaba una parte del armario se le vino a la cabeza el cuento de Cortázar. «Casa tomada», le dijo medio en broma, y él insinuó que tal vez sería mejor cambiar de set. También lo dijo así como jugando, pero esa tarde habían quedado de cenar con dos amigos y ya no se habló más; total, estaban en verano y eran felices o, al menos, lo intentaban, en medio del sofoco de Madrid y de los planes para invertir el dinero que iban a ahorrarse, ahora que no tendrían dos casas, en contratar un asistente y en conseguir una oficina más grande para la editorial. Negocios con placer, a ver cómo nos va, menina, dijo Sergio cuando armó su mesa de dibujo y trató de organizar sus libros. Tuvieron que comprar estanterías baratas en las afueras de Madrid y Sergio las pintó de rojo para que contrastaran con la biblioteca de caoba que Belén había heredado de su abuela. Ella reconoció, después de haber pasado un día sin hablarle, que el conjunto no estaba nada mal y le dejó ponerle un toque de color a la pared del comedor para colgar un cuadro que él había pintado cuando estudiaba Artes en São Paulo. Se fue a sacar un juego extra de llaves de la casa y se las entregó dentro de una caja de regalo, y él preparó una *feijoada* con ingredientes traídos de Brasil, y obtuvo el puesto de encargado de cocina, y así se fueron repartiendo las labores domésticas, mientras el aire tibio de septiembre le daba paso al frío y se cerraban las terrazas y había que retomar el plan editorial.

Entonces llegó el tiempo de revisar el presupuesto del semestre y de hacerle sitio a los abrigos que Sergio todavía guardaba en la maleta. Un sábado, cuando empotraban otro armario en el pasillo, ella presintió que no iba a funcionar, pero no dijo nada, en parte porque él estaba enamorado y en parte porque ella se sentía agotada de estar sola y había tomado la decisión de enamorarse, como quien hace una tarea: enamorarse. Y quizás, más adelante, tener una familia.

Bogotá con Viridiana

Casi no puedo dormir anoche, sin saber si habías llegado, qué te costaba llamar, me dijo Viridiana, y el olor a violetas de su pelo me resucitó más que el té de coca. Me preguntó si estaba bien y le conté lo que me había explicado la *niña de recepción* sobre el soroche o la alergia o lo que fuera. Arturo es buena gente, podemos hablar con él a ver si te da un cuarto mejorcito, pero mañana porque ahora tenemos que apurarnos para aprovechar la ciclovía, dijo. Había quedado de llegar entre nueve y diez, *porái*, y eran las once cuando entró, pero ahora teníamos que apurarnos. Se me había olvidado tu *porái*, le dije abriendo grande la boca como me había enseñado en las clases de colombiano, y me contestó muy ofendida que la culpa era de la ciclovía porque cerraban la séptima y había muchos trancones. Yo me acordé de Stop Redadas, cuando empezó a darme vueltas la pasantía, o cuando empezó a darme vueltas ella. *Un verano en... Bogotá*, bailaba jugando con la letra de la canción, de premio te llevo a bailar salsa, me había tentado como a un niño: en serio, presenta un proyecto para el próximo verano, insistió, y ahora, *en serio*, estaba en Bogotá, con este cielo azul, con este sol, pero ella dijo que aquí no había que confiarse, que llevara una chaqueta, por si las moscas.

Los cerros están siempre al oriente, ¿sí ves?, no tienen pierde, y aquí está el norte, estiró el brazo derecho, y el sur aquí, estiró el otro, y me explicó que así iban las carreras, de su brazo hasta mi cuerpo, y las calles, de los cerros a nosotros, y luego trazó diagonales y transversales, y todo salía de su cuerpo, pero eso ya no lo entendí porque me desconcentré mirándole los brazos morenos y las piernas largas y su forma de hablar y de explicar, casi bailando, y le seguí los pasos por el asfalto caliente de la ciclovía, mientras me mostraba la arquitectura del ladrillo bogotano que a mí no me importaba y que no se parecía a mi Bobotá, y luego me dijo que íbamos a comprar un pan acabadito de salir del horno, pero yo sentí un olor muy diferente en la panadería y me acordé de las lecciones de Belén sobre ciertas palabras que significaban cosas distintas a un lado y otro del Atlántico. El pan es pan y el vino, vino en todas partes, se me ocurrió, mientras el olor se me metía por todo el cuerpo y fui siguiendo el rastro hasta donde estaba una mujer disfrazada que calentaba algo entre unas hojas. Ah, son tamales, dijo Viri, pero no te *me* vayas a perder.

Dije tamales bien despacio, primero preguntando y luego volviendo a pronunciar, ta-ma-les, hoy los tenemos en oferta y son santandereanos, por la compra de tres les obsequiamos uno gratis, explicó la mujer, y me quedé mirándole las cintas rojas, verdes y amarillas que tenía en la falda negra y que volvían a mezclarse, pero en orden distinto, verde, amarillo y rojo, en la blusa blanca. Es un disfraz, de campesina, siguió Viri con más lecciones colombianas: a los tamales les echan cosas distintas, depende de la región, pero yo solo tenía nariz, y boca y cuerpo, todo volcado hacia el olor. Creo que he reconocido el olor del tamales, le dije, y ella me corrigió: tamal, en singular, y le explicó a la mujer que yo venía de España, para que me ofreciera *una degustación*. Sentí un vapor sobre los poros mientras desamarraba la cuerda, cabuya, me enseñó Viridiana, pero a mí no me interesaba adquirir vocabulario nuevo, y vi cómo las hojas se liberaban: cuidado, las hojas no se comen, volvió a enseñarme, aunque yo ya lo sabía, y probé la masa, como cuando uno oye una canción y no sabe bien quién canta, y volví a masticar otro bocado, como cuando uno ve una cara conocida y no se acuerda del nombre, y otro bocado más, y otra descarga, una oleada de tamal; un recuerdo de un recuerdo. Me advirtió que comiera más despacio, que el tamal era una delicia pero que era un plato muy pesado, y yo exageré mi nuevo acento, *una delissia,* como si recuperara la *cadensia* de un español distinto que también había olvidado. Se comen con chocolate. Si quieres, en la casa te preparo.

5

—¿Tener un hijo? Si has dicho que eso de reproducirse no va contigo… Me vas a hacer huir, menina —fingió Sergio, jugando a cubrirse con la sábana, pero ella estaba seria: desnuda y seria, como si su condición de desnudez le diera un aire serio, o frágil, sentada en una esquina de la cama, pidiendo un hijo. Habían hecho el amor y conversaban con cierta languidez, a punto de dormirse.

—Ya sé que no parezco yo, pero desde hace unos meses pienso en eso. Con nadie más podría tener un hijo.

—Nunca había pasado por mi mente tener hijos. Si tantas veces has dicho que la gente tiene hijos para no quedarse encerrada dentro de sí misma. O por aburrimiento. ¿Estás aburrida?

—Solo quería saber qué piensas, pero olvídalo —le contestó, como si hubiera recuperado de repente la suficiencia editorial y se levantara de su silla para dar por terminada la entrevista con un autor sin esperanzas—. Ay, ¿en dónde está el tabaco?

—¿Así de simple?, ¿olvídalo? ¿Y qué sucede si lo olvido?

—O tengo un hijo ahora o no lo tengo nunca. Me estoy volviendo vieja, ¿entiendes? Y no me gustaría pasar el resto de mi vida en este piso, sacando dos veces a pasear un perro, como los pensionistas del noveno.

—¿Quieres tener un hijo por miedo a parecerte a la señora del perrito? Perdóname, Belén, pero no va contigo ese razonamiento.

—No es un razonamiento —le dijo, con un nudo en la garganta, y volvió a revolotear por toda la habitación. Se puso la túnica hindú y abrió la puerta del balcón.

—Ah, no. Tú no te sales a fumar así. Además, si estás pensando en hijos, lo primero que deberías hacer es no fumar de esa manera.

El chocolate

Dijo que era minúsculo su apartamento. De cuántas páginas, me equivoqué, y ella me siguió la equivocación: cuarenta caracteres. ¿Con o sin espacios?, me reí, y ella dijo que cuarenta, con todo y el balcón. *El chocolate es un santo que de rodillas se muele,* comenzó a cantar, un currulao, me explicó, si vieras cómo se divierten mis pelaos con estas rondas. Hacía ruido de ollas y me acordé del canelazo en Sol cuando me preguntó si me gustaba García Lorca y yo le contesté que no con esa mueca despectiva que hacíamos en la universidad al mencionar el *Romancero*. Ya sé que no fui amable, pero creer que a uno le guste García Lorca por llamarse igual era una tontería, y ella agregó, *en modo explicación*, que se llamaba Viridiana por Buñuel. Mi papá adoptivo hace cine, dijo, mi papá adoptivo, no se me olvidará, y su imagen se quedó dándome vueltas, no sé si también por esa forma de bailar o por lo que contó que hacía en Bogotá.

Yo me atreví a decirle que también era adoptado, adoptado de Colombia, ¿o en Colombia?, y ella abrió enormes los ojos, pero eso fue después, el día de la alborada yoga, cuando le gustaron las fotos de Sunil y de Milena que había hecho para el póster. Eres todo un artista, me dijo, y no supe bien si se burlaba. No soy artista. Estudio Artes Visuales, se me salió en un tono que me sorprendió, casi peor que el de García Lorca, pero quería decirle que la artista era ella, con esa forma de bailar. Bueno, en realidad eres buen fotógrafo, se disculpó, Borja me contó que quieres hacer cine. *En realidad*, no lo tengo claro, volvió mi brusquedad. Yo quería ser todo lo contrario, pero ella me hacía sentir tímido, no sé, monosilábico, decía Belén que me ponía cuando quería decir algo y no salía la voz. O me salía la voz contraria.

Entonces se me ocurrió, en medio de la gente, en la alborada, mostrarle las fotos que había hecho para la clase de Poéticas Visuales, directamente de la cámara. Son muy especiales, dijo, después de mirar, mirar, mirarlas en silencio y volverlas a pasar, y aunque la palabra no significaba nada, yo sentí que de verdad las miraba de una forma *especial*. Le dije que quería hacer instalaciones o experiencias con retratos, que por ahí iba mi trabajo de grado, y ella dijo, por dónde, y yo sentí que volvía a enredarse todo. ¿Nunca se te ha pasado por la cabeza reconocer Colombia?, preguntó. *Re-conocer* Colombia, repetí, separando el prefijo como en el cole, y ella me habló de las pasantías que financiaba la Cooperación y volvió a contarme de Sol Naciente, de su proyecto de *Impro* y sus *pelaos*. Hagamos trueque: tú haces un video de mis niños y yo te recibo en Sol Naciente para hacer la pasantía, hay mucho por documentar, ¿sabes hacer video? Depende de qué llames video, volví a sonar agresivo y corregí. Si es filmar, pues obvio, pero pensé que no pensaba ir a Colombia.

Nunca.

Y aquí estaba.

¿Se pueden tomar fotos?

Le brillan los ojos cuando habla de sus niños, sus pelaos, con ese posesivo, quién va a creer que tengan tanta vida a cuestas, y corrige: tantos muertos. No puedo creer que estés por fin aquí, ¿ya hablaste con tu mamá?, cambia de tema, y yo le cuento que Belén tiene poderes extrasensoriales, que alcanzó

36

a ver la humedad de las paredes por Skype. Me pregunta por qué le digo Belén, en vez de mamá. Es una larga historia, invento, pero luego me río y digo, mentiras: porque me gusta más, desde los doce la llamo así y a ella no le disgusta, y Viri vuelve a cantar, con la mano es que se bate, mirando al cielo se bebe. Ya va a hervir, me explica, y el molinillo gira al ritmo de sus manos. ¿Se pueden tomar fotos?, le pregunto, y ella se ríe, claro, ni que esto fuera un museo, y me dice que suba la persiana del balcón, que en los días despejados se alcanza a ver Monserrate, pero yo no quiero fotos de turismo. Enfoco su cuerpo que canta y el chocolate se va metiendo por el aire y por la cámara, cómo se puede fotografiar eso, y ella bate más despacio, hay que bajar el fuego, ayúdame a batir para que aprendas, así, muy bien, y el molinillo hace globos, como espuma, y hay un olor de chocolate con violetas, y dice que ya va a estar, que hay que alistar las tazas, que están abajo en ese mueble. Qué cantidad de espuma, digo, y me explica que el truco es batir bien y el molinillo es clave, y claro, la mano también, y sirve en las dos tazas y canta más, la ronda es larga, tengo unos niños con un ritmo que te mueres... Bobo, el queso se lo echas adentro, sin miedo, primero lo desmenuzas con la mano. ¿Será que puedes irte solo hasta el hostal, o te pierdes?, rompe el hechizo, y dice que va para una cita, y yo pienso que no puede ser una cita de trabajo porque hoy es domingo, y cada vez pasan más nubes por la ventana.

A lo mejor somos parientes, se rio esa vez en Sol, cuando le dije que era de Colombia. Yo podría ser tu hermana mayor, me acordé de sus palabras exactas, y la oí revolver cosas en un armario, allá en su cuarto minúsculo. En el fondo de la taza, el chocolate se había quedado sin espuma y el cielo también tenía una nata gris. Yo voy para el lado contrario, me dijo al cerrar la puerta de la casa. ¿Estás seguro de que vas a poder llegar solo? ¿Seguro no te pierdes?

6

De los hijos no se habló más, pero quedaron flotando en el ambiente. No tengo derecho a pedirte eso, le dijo Belén a Sergio el lunes en el metro. Él le apretó la mano y ella creyó leer, en ese gesto, que Sergio había aceptado trabajar en la idea, como solía decirle cuando ella proponía retos editoriales que parecían descabellados. Después de dos años ya estaban familiarizados con el estilo de acción y reacción que, según Fermín, había sido la clave del éxito de Lapislázuli. Esa tensión entre el espíritu visionario de Belén y la duda metódica de Sergio los protegía de no arriesgarse tanto como quería ella ni tan poco como le habría gustado a él. Así pensó Belén que Sergio podría evolucionar del no rotundo al déjame pensarlo y luego al si eso es lo que quieres y que quizás podría ayudar el viejo truco de no ejercer presión. Estaban agobiados de trabajo con el diseño del catálogo y con los libros que no iban a estar listos para llevar a Bolonia, a menos que Sergio tomara la determinación de irse casi a vivir a la imprenta y de pasar el resto de ese mes prácticamente sin dormir. En vez de hijos, había que parir diez nuevos libros y sus temas dejaron de ser existenciales para volcarse de lleno en la estrategia editorial y en el minucioso reparto de funciones.

Belén armó la agenda de la feria, escribió las reseñas de los títulos, reunió la información sobre autores e ilustradores y tradujo el catálogo al inglés. A duras penas se veían y cuando Sergio llegaba a darse un baño, después de haber pasado la noche en vela cuidando la impresión, Belén salía corriendo a una reunión en la oficina. Los besos de saludo se mezclaban con comentarios breves sobre el estado de ejecución de las tareas asignadas y ellos eran expertos en separar negocios de placer: ese era el pacto y no iban a romperlo en esos meses de locos, con una editorial independiente en la que no había nadie más a quién delegarle las tareas, mientras se dedicaban a pensar en la posibilidad de hacer una familia.

Llegaron exhaustos a Bolonia: ella en avión, dos días antes de la apertura, y él en tren, un día después, cargando las cajas de los libros. En vez de noches íntimas, pasaron la primera noche sin dormir, compaginando los catálogos, y las otras se les fueron en citas con agentes literarios, reuniones con autores, ilustradores, editores y amigos de la lij, como llamaba el gremio, con esa sigla comercial, a la literatura para niños. *Es una paradoja que no hayamos vuelto a intentar hacer un niño por estar haciendo libritos para niños*, le dijo Sergio la última noche cuando volvieron de una fiesta, pero ella se hizo la que no entendía. No quería sentirse sobornada con un hijo, sabiendo que a Sergio le daba vueltas la cabeza por el vino.

Poco a poco, sin embargo, comenzaron a tener algunos coqueteos con esa posibilidad, como empezaron a llamarla. Belén tuvo que dejar los anticonceptivos por sugerencia de su ginecóloga, y compró una caja de preservativos lujuriosos que Sergio interpretó como un gesto de respeto frente a su necesidad de postergar, quizás indefinidamente, la charla de aquel domingo. Durante varios meses el tema se fue desdibujando, con tantos proyectos nuevos que habían surgido de la feria: los libros de Lapislázuli habían empezado a ganar premios internacionales y a traducirse al alemán, al ruso y al japonés, y Belén se había convertido en una especie de niña prodigio: el icono de las editoriales independientes. Viajaba sin parar, invitada a cuanta feria de libros infantiles se organizaba por el mundo, y las invitaciones casi nunca incluían a Sergio. De vez en cuando, después de hacer un negocio excelente, pagaban su pasaje, y así pudieron ir juntos al Salón del Libro

Infantil en Río de Janeiro y visitar a las hermanas de Sergio y luego quedarse unos días extras de «luna de miel» en la casa de Manguinhos. En una de esas madrugadas hicieron el amor sin ningún método porque se habían olvidado de comprar preservativos y fue Sergio el de la idea. ¿Estás seguro?, preguntó ella, pero el momento no era propicio para discusiones, así que corrieron ese riesgo y luego, al mes siguiente, después de una cata de vinos, se encomendaron al incierto método del ritmo, y otro sábado sucedió, en plenos días de ovulación, pensó Belén, pero no dijo nada. Esa vez esperó con ansiedad la aparición de algún síntoma y se sugestionó con una sensación de pesadez, pero la regla le llegó puntual el día previsto y casi estuvo a punto de llorar, aunque pensó que, en el fondo, era mejor porque faltaba una semana para la Feria de Guadalajara. Allá volvieron a intentarlo, después de haber bebido más tequila de la cuenta, y tampoco pasó nada, y a ella le empezó a doler que Sergio no se interesara por sus ritmos, que nunca preguntara, como si no tuviera en mente que el sexo pudiera tener alguna consecuencia.

Ese año terminó con una agenda de viajes nacionales que la sacaron de Madrid y que ella fue combinando con escalas estratégicas en casa, y se sintió culpable con su preocupación por hacer coincidir visitas conyugales con días fértiles y por usar el método del ritmo con fines exactamente opuestos. Mientras empezaba a sospechar que algo no andaba bien, se le fue formando un nudo en el estómago por ese método de Sergio de no darse por enterado, y el nudo siguió creciendo hasta una madrugada en la que él se le acercó para abrazarla y ella lo apartó de un empujón como si fuera un violador y se puso a llorar. Y ya no pudo decir más ni pudo hacer nada distinto de llorar, después de tanto tiempo tragándose las lágrimas.

Sergio se puso un abrigo y salió del cuarto. Con semejante frío, ella pensó que no podría salir, pero luego sintió el portazo.

Retrato de gnomo

Vamos *en* mi oficina, dijo Arturo, y me pareció un gnomo, pero indígena, o un samurái con esa cola de caballo y ese acento que no combinaban con la cara. Cerró la puerta, para que nadie interrumpiera, me explicó, y entonces vi el santuario y casi no podía hablar de tanto, tanto que había para mirar, y sin poder sacar la cámara. Exceso de nacionalismo, podría haber sido el título de la foto: el mapa de Colombia, la bandera colombiana, la biblioteca con libros de Colombia y el estante con diccionarios del español al holandés, al francés, al inglés y al alemán, intercalados con artesanías de Colombia, pero era un salón acogedor y nos sentamos en unas mecedoras... ¡colombianas!

Le mostré la carpeta que me había dado Belén la víspera del viaje y él revisó sus papeles, todos tan ordenados por ella, y se me ocurrió que no le había dado bien las gracias, mientras la cara del gnomo iba asintiendo: Freddy, ¿puedo llamarlo Freddy? Pues me da igual, quise decir mi frase favorita, pero otra vez no me salió ni una palabra, y él dijo, cuénteme su historia; tenía cinco años, imagino que *se recuerda*. Solo pedazos... sueltos, pocos, contesté, y él dijo, pues comience. Le dije que no sabía por dónde, que ese era el problema, ¿cómo se puede contar una historia sin saber el comienzo?, traté de mejorar la entonación, pero salió peor, y entonces él me dijo, sin que ningún músculo se le moviera de la cara: comience por el final o por la mitad. Por donde pueda.

Me preguntó si ya había ido al lugar que salía en el expediente y me dieron ganas de matarlo. Acabo de llegar, le dije en un tono todavía peor, pero esta vez intencional. ¿Acaso no sabía que yo era ese que había llegado el sábado por la noche, ese mismo que lo había llamado desde Madrid para contarle de la pasantía, ese que iba a aprovechar para averiguar algunos datos? ¿Acaso no me había dicho por Skype que me podía *asesorar* y *hacer algunas vueltas*? ¿Acaso no ofrecía en su página web atención personalizada y confidencial, caso por caso? No pierda el tiempo con el instituto. No hay registro civil, su familia no dejó rastros, fueron sus palabras cuando cerró la carpeta, y me dieron ganas de pegarle: haber sabido y no habría perdido el viaje hasta Colombia ni la plata, lo mismo habría podido decirme y gratis por Skype, pero pensé también en Viridiana y en que iba a conocer a sus niños, y en que de pronto era mejor no encontrar nada. Igual le pregunté si mi caso era imposible, para que me dijera alguna estupidez del tipo nada es imposible. Es una bomba emocional, de todas formas, dijo. Si encuentra o si no encuentra… es una bomba. ¿Cuánto tiempo dura su pasantía?

Mucho poco tiempo, me dijo con un gesto que parecía de burla, cuando le contesté que me iba a quedar todo el verano. Yo me demoré dos años en encontrar a la familia de *mi mami*. Vine a Bogotá, *contra* mis padres adoptivos, también pensando en un verano, y regresé en Boston sin noticias, para trabajar un año y ahorrar plata. Luego volví como voluntario, hasta que encontré las primeras pistas. Pero yo tenía registro civil, nombre completo y apellidos. Me fui a Neiva y de ahí a Gigante y me quedé una temporada y encontré a la familia por parte materna. Cuando empecé con la obsesión de buscarlos, hacía más de diez años que mi mami se había muerto. Y de mi papi, ni rastro. Se fue pa'l monte. Es una bomba emocional, volvió a decir, pero al menos usted tiene la lengua. Yo no sabía casi español cuando llegué. Pa no alargarle el cuento, dimos con mi abuela y ya se conoció con mis viejos.

¿Y qué pasó?, le pregunté. ¿Qué va a pasar? Son mundos muy distintos. Lo ideal sería no buscar y mucha gente no tiene esa curiosidad, pero otros necesitamos saber, otros no podemos seguir sin saber. ¿Usted de cuál grupo es?, me preguntó, y me dieron ganas de devolverle otra pregunta: ¿acaso usted no entiende español o tiene algún problema, si tanto hemos hablado de lo mismo?, pero le seguí la cuerda y le dije que no sabía, que a veces era de un grupo y a veces de otro, y que lo único que necesitaba saber era si me podía cambiar de cuarto, por la humedad, tosí, y aunque sonó exagerado, no estaba exagerando. Ahora estamos *full*, me dijo, y entonces tuve que decir una palabra mágica: Viridiana. Le dije que era amigo de Viridiana, por si tampoco se acordaba. Que Viridiana me había dicho que hablara con él. Que iba a hacer la pasantía en Sol Naciente. Que ya me iba para allá porque esta tarde comenzaba.

¿Sabe llegar a Sol Naciente? Camine y lo acompaño. Y, de paso, saludo a Viridiana.

Y cada vez que decía su nombre, al gnomo se le iluminaba la cara: Viridiana.

7

Sergio no apareció esa madrugada ni regresó a desayunar ni se reportó a la editorial en toda la mañana. Tendrá que aparecer para la cita con los japoneses, pensó Belén, con un escalofrío. ¿Y si no aparecía? Si él mismo había conseguido los contactos y había armado el portafolio, si él mismo repetía que el futuro miraba hacia el Oriente, si él mismo llevaba un mes pensando en cada detalle gráfico de esos libros, ¿sería posible que se perdiera la reunión? «Qué pasaría si...», pensó en la hipótesis fantástica, mientras leía otro manuscrito para primerísimos lectores basado en las mismas fórmulas del disparate: qué pasaría si la cama fuera un barco, ¿acaso no había ya nada nuevo que escribir? Ha salido con la ropa de ayer, se consoló, como si la ropa garantizara su regreso. ¿Y si le había pasado algo? A duras penas pudo concentrarse: ¿qué iba a hacer ella con esos japoneses si Sergio no llegaba a la reunión? ¿Si se iba del trabajo, si se iba de la casa, si renunciaba a Lapislázuli, si la dejaba, precisamente ahora? Mientras leía sin entender las primeras páginas del manuscrito, se preguntó qué pensaría Sergio de las ilustraciones y se dio cuenta de que él era su secreto mejor guardado: su polo a tierra, su olfato editorial. ¿Qué pasaría si no volvía?, leía Belén entre los renglones de ese libro que incluso un bebé podría entender y que ella se vio obligada a repasar mientras pensaba a qué maldita hora se le había ocurrido enredarse con la idea de un hijo. Jamás se había tardado tanto en una revisión, se disculpó con Clara. Es que he tenido que examinar el presupuesto para presentar esta tarde a los japoneses, le mintió, y Clara la miró como si algo muy raro sucediera: ¿no te ha dicho Sergio que la reunión ha sido postergada?

Entonces pensó por primera vez que Sergio podría decir no más, que todo tenía un límite. Qué pasaría con Lapislázuli: la hipótesis fantástica: ¿quién iba a hacer lo que él hacía, cómo iban a arreglar las cuentas, qué le iban a decir a los autores, qué pasaría con el negocio, con esa sociedad de hecho, toda hecha con palabras, sin papeles, sin contratos? Y luego, la parte personal: ¿luego, o primero?, todo revuelto en los afectos, todo mezclado, iba pensando, mientras miraba su mesa de trabajo, la estantería con los libros que habían hecho a cuatro manos, y cada cierto tiempo llamaba a su casa. «Esta es la casa de Belén y Sergio», decía la máquina con voz de Sergio: hasta esa grabación, todo de Sergio. Las ollas y el arte del diseño, los lápices, la mesa de dibujo, las pruebas de color que habían salido mal y el grifo que goteaba en la cocina.

Pero esa noche llegó como si nada y la saludó con un movimiento de cabeza. Tantas preguntas y ella sin una frase para romper ese silencio.

—¿Has cenado? —se atrevió al fin.

—No tengo hambre. ¿Y tú?

—Algo de fruta. Es que no sabía si venías… Si volvías.

—Los japoneses se han quedado en Frankfurt. Una tormenta fuerte, parece. ¿Qué ha dicho el telediario?

—Podrías haberme avisado. Estaba preocupada.

—Por los japoneses, me imagino. No te preocupes que volarán a Madrid en cuanto se abra el aeropuerto.

—Ay, Sergio. ¿A qué horas ha ocurrido todo esto?

—Pues no lo sé, Belén. Ya no sé nada.

—¿Nada de qué?

—Nada de ti. Es como si te hubieras vuelto otra persona. Ya no te importo. ¿Solo te importa quedarte embarazada?

—Sí que me importas. Hoy me he pasado el día pensando qué pasaría si me dejaras.

—Pues mira qué casualidad, también yo lo he pensado.

—¿Has pensado en qué pasaría… o en dejarme?

—En todo. En el trabajo, en lo del hijo, en cómo nos hemos enredado.

—¿Y si buscamos ayuda?

—Tú sabes lo que pienso de las terapias de pareja.

—Tal vez podría hacerme exámenes para salir de dudas. A lo mejor no puedo tener hijos. O tal vez estoy necesitando un tratamiento.

—¿Te das cuenta, Belén?

—¿…?

—Todo lo pones en primera persona. Como si tú fueras la única persona, como si todo dependiera de ti. ¿No se te ha ocurrido que tal vez soy yo el que no puede tener hijos?

—No pensé que eso te afectara.

—Me afecte o no, es una probabilidad. Cincuenta en cien, para ser técnicamente exactos. Y no sé qué idea tienes de mí: llevas un año queriendo tener un hijo y yo soy tu pareja. Pero te crees la única afectada.

—Perdóname. Es que no me habías dicho nada. O me habías dicho que no querías tener hijos.

—No quería. No quiero como tú, de vida o muerte. O no lo sé, Belén. Lo único que sé es que ya nada te hace feliz. Y eso me afecta, porque vivo contigo y eres infeliz.

—¿Pero me quieres? ¿Todavía?

—Ay, menina. Mira quién lo pregunta. ¿No te parece que debería ser al revés?

El barrio inglés

Los bogotanos dicen que este es un barrio *estilo inglés*, me fue explicando Arturo por la calle, y no supe si hablaba en serio o se burlaba. Me pareció que las casas sí eran de series de misterio, con sus paredes de ladrillo, sus chimeneas y sus buhardillas, pero las tapias no parecían inglesas, con vidrios disparejos de botella, y las casas estaban encerradas entre rejas. Se podría hacer un doctorado en rejas bogotanas: historia de las rejas, arquitectura de las rejas, semiótica de rejas, las rejas en el tiempo, de la Colonia a nuestros días, pensé en una cantidad de ideas muy académicas, por si no salía el documental con Viridiana. En la tienda de allá venden frutas y verduras: *fruver,* las llaman, y más tarde hay estudiantes que vienen a tomar cerveza porque es el sitio de reunión de las universidades de garaje, me explicó Arturo, y me sacó de la contemplación, como decía Belén: *contemplación,* cuando me quedaba absorto mirando detalles de las cosas: esas rejas medio andaluzas encerrando una casa de estilo londinense, un diálogo intercultural, perfecto para tesis, y otras rejas de mariposas y de amibas, y yo otra vez sin cámara.

¿De garaje? Explícame, me reconecté con el gnomo, y él me contó que así les decían a las universidades que no eran muy grandes o muy elegantes. Lección número uno: para hablar en bogotano usted no tutea hombres, si acaso puedes tutear mujeres, me explicó, y me pareció que era ridículo que un gringo me estuviera enseñando a hablar en colombiano, y mal tuteado. Hay muchos acentos en Colombia, depende de la región, le contesté, tratando de recuperar la seguridad de la lengua materna y las clases de Viri de cultura colombiana, pero él no se dio por vencido. No solo es problema de región, en Bogotá hay muchos idiomas, desde el latín vulgar hasta el latín culto, me dijo, con gesto de gnomo enciclopédico, y seguimos andando sin hablar porque había mucho para ver y a mí no se me daba bien hacer dos cosas a la vez, decía Belén: no puedes mascar chicle y andar en bici al mismo tiempo, qué le vamos a hacer, si así eres tú cuando te da por la contemplación, y yo seguía buscando algún rastro que me llevara de regreso a Bobotá, pero nada, no había nada.

En esa casa de la esquina queda la Fundación de Viridiana, se le iluminó la voz a Arturo. Es para niños desvinculados del conflicto: como son menores de edad, no pueden encerrarlos en *el* cárcel, me explicó mientras timbraba, como si yo no tuviera ni idea, como si no le hubiera dicho tantas veces que ahí iba a hacer mi pasantía, y volví a pensar que tal vez tenía problemas de español, y cuando abrieron la puerta se le volvió a salir una entonación toda ridícula solo de preguntar por Viridiana. Está en clase, dijo una niña con un niño en los brazos.

8

Se sometieron a una evaluación integral en el Centro de Reproducción Asistida del doctor Ong. Hicieron innumerables trámites con el seguro y perdieron días enteros de trabajo para examinarse la sangre, la orina, los óvulos y los ovarios de Belén, el pH de las mucosas, y la velocidad, el número y la calidad de los espermatozoides de Sergio. Su antigua intimidad se convirtió en un libro abierto y tuvieron que reprimir instintos asesinos cuando ese ginecólogo oriental les preguntó sin ninguna discreción con qué frecuencia se apareaban, cuáles eran sus posturas habituales y cuánto tiempo *aproximado* les tomaba cada *acto*. En el cubículo donde debía *obtener las muestras*, Sergio sintió la misma culpabilidad de sus tiempos de colegial cuando los de último año les alquilaban revistas pornográficas y se quedaban vigilando la puerta del baño en el recreo. Y aunque en esta ocasión podía tomárselo con calma, como le dijo la enfermera con una sonrisa compasiva al entregarle un recipiente para recoger la muestra, tuvo una regresión a los quince años y se sintió igual de evaluado y de inseguro. Sobre la mesa aséptica, casualmente organizadas, estaban las revistas pornográficas y él quiso huir como si fuera la primera vez en su vida. Intentó hacerlo sin revistas: se puso en la tarea de pensar en Belén, trató de imaginar alguna de todas esas veces que habían hecho el amor, cuando se volvía loco con sus senos, su pelo largo y sus piernas doradas, pero solo pudo evocar su gesto tenso a la espera de un dictamen, y así estuvo, sin que pasara nada, pensando que en cualquier momento podría sonar una campana como la que señalaba en esos tiempos el final del recreo y pensando también que estaba a punto de perder algo, o que algo ya se había perdido. La diferencia era que ahora no podía inventar como en sus tiempos escolares, fanfarroneando simplemente, porque debía entregarle su muestra a la enfermera. Así, no tuvo más remedio que abrir una revista y olvidarse de Belén.

Las primeras pruebas no mostraron nada irregular y el doctor Ong les dijo que la infertilidad podía deberse a muchos factores relacionados con la edad y agravados por el estrés.

—Todas las condiciones son normales. Ahora hay que identificar los días fértiles, a ver cómo se da la puntería, porque la reproducción es fruto del azar y en este caso conviene ayudarle, antes de experimentar con procedimientos menos divertidos.

—¿Menos divertidos? —preguntó Belén.

—No quiero adelantarme, antes de dar la opción de hacerlo sin ayuda. Aunque no tenemos tanto tiempo de margen, por su edad, trabajaremos unos meses en estas condiciones. Afortunadamente, hacer bebés es *really funny* —les sonrió, con un toque estudiado de malicia, para romper barreras, pensó Sergio, mientras el doctor Ong le entregaba a Belén un calendario ilustrado, casi como de niña, en el que debía llevar un registro de su temperatura corporal, su flujo vaginal y otras minucias que él no pudo retener.

—Según las pruebas, ovularás en nueve días. En otras palabras, los necesito adictos al sexo entre el jueves 4 y el lunes 8 —dijo, estudiando el calendario—. Como tienen una editorial propia, resultará más fácil escaparse. Hay evidencia científica que demuestra la eficacia de los cambios de rutina en estos procesos —les dijo, y Belén sintió que la miraba como si fuera una paciente psiquiátrica.

—Al contrario, por ser independientes es más difícil. Alguno tiene que quedarse —dijo Sergio, tratando de recuperar un mínimo protagonismo en sus asuntos personales.

—Eso lo resuelven ustedes —repuso él, recuperando la distancia profesional—. Lo que intento decir es que lo natural es la mejor opción. Y en este caso, necesito que ustedes colaboren con la naturaleza. ¿Alguna otra pregunta?

Los dos dijeron no con la cabeza.

—Entonces los espero dentro de tres meses. Ojalá fuera antes, lo que me complacería mucho. Y una última recomendación: puede suceder que tanta obligación afecte el deseo. En este sobre van las fórmulas de los medicamentos, las indicaciones de manejo y el dato de una psicóloga del centro, si el ánimo flaquea.

Se despidieron del doctor Ong con una sonrisa igual de profesional y caminaron mudos, el uno junto al otro, sin mirarse, hasta llegar al ascensor. Belén pulsó el botón y Sergio vio que el sobre con el calendario y los exámenes temblaba en su otra mano.

—No te preocupes. Tenemos un trabajo *really funny* por delante —le dijo, pero no supo bien si el tono de complicidad se le mezclaba con sarcasmo.

Madona con su niño

Jeans desteñidos muy apretados y una blusa roja que le tapa pero le destapa el ombligo en oleadas, según se mueva ella o según se mueva el niño. Ojos verdes y rasgados. El niño podría tener dos años y los ojos son del color de los de ella, pero grandes. Idéntica la forma de la cara, dos gotas de agua, habría dicho la Tata. Siéntense y esperan a la profe Viri, que tengo que calentarle la comida a Juan Sebastián, nos dijo, y clavó los ojos en Arturo: oiga: ¿no me va a presentar a su amigo?

Oh, sí, contestó Arturo: Luz, Freddy. Freddy, Luz… Y Juan Sebastián, el hijo de Luz, agregó al ver la cara de ella. Hizo una pataleta y me tocó salirme de clase, pero como ya no puedo estar en la presentación, dijo la niña.

51

Cómo así, preguntó Arturo, y ella le contestó, salió la operación: espérense y les cuento, y me miró, como si fuera parte de la historia, como si me conociera de toda la vida.

Arturo y yo entramos a un viejo comedor con sillas sucias de alguna tela azul, estilo terciopelo, y una mesa muy larga, como de tiempos de mi abuela, que sí parecía antigua de verdad, estilo Última Cena. Al fondo, en lo que seguramente era la cocina, oí llorar el niño y oí también la voz de ella: si sigue chillando, se acuesta sin comer. ¿De verdad es la madre?, le pregunté a Arturo, y me arrepentí al verle la cara porque era una de esas preguntas idiotas: dos gotas de agua, aunque también podrían ser hermanos. ¿Cuántos años calcula que tiene esa pelada?, me preguntó Arturo, en modo adivinanza, y yo traté de bajarle la edad lo más que pude: ¿quince? Se equivocó por un año: dieciséis. A los trece ya era mujer de un comandante y cuando supo que estaba embarazada se les voló de la guerrilla, pero si viera cómo canta.

¿Poniendo al día a su amigo?, preguntó Luz y se sentó en una de las sillas, con la taza de sopa y con el niño. ¿Cómo así que no va a estar en la presentación de Mambrú?, le dijo Arturo y ella contó, como si yo también supiera, que por fin le había salido la autorización, después de tantos años de rogar, con esa vaina ahí incrustada. Se tocó las costillas: preciso la cirugía va a caer el día del estreno, tan de malas; dicen que va a ir el alto comisionado para la Paz y Raimundo y todo el mundo y hasta el presidente quiere vernos, y hoy vino un noticiero y nos presentaron como los niños de la guerra que cambiaron las armas por teatro y a mí casi no me dejan salir, como si ya me hubiera ido al hospital. ¿Y no le pueden aplazar la operación una semana?, le preguntó Arturo. Sí, claro, yo llamo al seguro y me la aplazan, cómo no, le contestó.

¿De qué te operan?, me atreví, pero me arrepentí en ese mismo instante. Ella dejó al niño en el piso con la taza de la sopa, tóqueme aquí, me dijo, y se levantó la blusa roja. Aquí, aquí, ¿no siente nada raro?, me fue llevando la mano, y yo no sentí nada, solo la piel, y la mirada de ese niño marcando territorio. Toque, fresco, que no le estoy echando los perros, insistió ella. Palpé un hueso, ¿de las costillas?, para no parecer indiferente, aquí, aquí, ¿sí se la pilla?, tengo un pedazo de esquirla incrustada y me la van a sacar, a ver si deja de dolerme, ¿sí la siente? Mejor párele bolas al niño. Mire que va a botar el plato, me salvó Arturo, y ella le gritó: quieto, carajo. Riegue esa sopa y la limpia con la lengua, ¿oyó, mijito?

Si le va a pegar no lo regañe, dijo Arturo, mientras salían carcajadas por detrás de la puerta. Esos manes lo que hacen es relajo, se rio Luz, y vi que le faltaban unas muelas. Esta cucharadita por Arturo, le embutió sopa al niño sin mirarlo, y esta por... ¿cómo es que se llama?

Federico.

Y esta por Federico. ¿No era Freddy?

Freddy era mi nombre, antes.

Ah, ya. Otro de los niños que buscan su hogar, se me burló. Se está quedando en la pensión de Arturo, preguntó sin preguntar, y ya no le contesté porque se abrió una puerta y salió una estampida de muchachos. Y, detrás de todos, ella.

¿Puede creer, Arturo? La actriz principal no va a estar en la presentación, dijo, sin saludarnos, sin mirarme, como si yo no estuviera, como si fuera transparente. Luz estaba concentrada en el plato de sopa y en la cuchara y en la boca del niño, como si se tragara el plato o como si quisiera hundirse entre la sopa.

¿Qué puede hacer? Por fin le van a sacar la esquirla. ¿O prefieres que se la dejen, para que pueda cantarle al alto comisionado para la Paz?, la defendió Arturo, pero con esa voz distinta, que solo hacía por ella, y entonces al fin ella me vio.

¿Listo para empezar?... Ay, no me digas que no trajiste cámara.

9

«Programa de Reproducción Asistida», decía en la etiqueta que la enfermera le entregó a Sergio para marcar el recipiente de la muestra, y a él le pareció que esas palabras describían su vida de pareja. ¿En qué momento se había convertido en la caricatura de un marido condenado a cumplir deberes conyugales con una esposa casi frígida? Se horrorizó al asociar esa palabra con Belén y recordó aquellas primeras tardes de comité editorial en las que había necesitado concentrarse en los detalles más triviales de una ilustración para evitar que la línea del comienzo de sus senos lo distrajera del trabajo. Y no era que Belén hubiera perdido la sensualidad, sino tal vez que se esforzaba demasiado: cualquiera podría haberse vuelto loco de amor con las artimañas que ensayó, pero las lunas de miel en los lujosos paradores, los masajes, los aceites esenciales, la hidroterapia y la ropa interior que fue comprando en cada uno de sus viajes no lograron quitarle la sensación de que lo estaban «evaluando» con criterios muy distintos del placer que habría querido darle y que, no podría jurarlo, pero también ahora le parecía que ella fingía.

—El doctor Ong necesita las muestras hoy mismo —le dijo la enfermera y le entregó la llave del cubículo, mientras se dedicaba a dar instrucciones más detalladas a un recién llegado que se veía tan nervioso y tan ridículo como seguramente se había visto él. Todo termina volviéndose costumbre, pensó, y le pareció cínica su frase, pero como ya sabía cuál era su papel, se encerró y se puso en la tarea de escoger una buena revista para que el médico se encargara de hacer el resto en su laboratorio. Hojeó al azar varias *Penthouse*, disfrutando ese placer de los preliminares hasta que encontró la foto de una muchacha con el mismo pelo y la misma piel dorada de Belén. Su pose lo conminó a bajarse la cremallera para hacer lo que tenía que hacer, pero el semen brotó sin darle tiempo a poner el recipiente y se sintió como un colegial avergonzado de su prisa. No hay más remedio que repetir *el procedimiento*, se sorprendió de nuevo con el cinismo de su frase, y se quedó sentado en esa silla reclinable, encerrado en su cubículo, como si fuera un viejo depravado y sin fuerzas en una cabina porno. Para recuperar las energías examinó la diagramación de un par de revistas, hasta que una muchacha lo volvió a inspirar. En cierta forma, le agradeció al doctor Ong que lo ayudara en la tarea de embarazar a Belén, le puso su cara a la muchacha de la carátula y mientras recomenzaba su ritual, deseó llegar pronto a casa para tener sexo con ella: sexo, no más, sin la presión de procrear. Se reclinó en la silla, imaginó que se le acercaba lentamente, pero esa vez tuvo el cuidado necesario para controlar todos los planos: la morenota de *Penthouse*, la cara de Belén y el recipiente de la muestra. Quedó extenuado y satisfecho, salió del cubículo y estuvo a punto de salir también del centro médico, pero la enfermera lo persiguió gritándole su nombre y él le entregó el frasquito marcado, con cierta culpabilidad por haber recuperado el placer en esa tarde de laboratorio. Ahora que delegaba en manos más científicas la tarea de fabricar un hijo, se propuso desterrar de su cama la antigua ecuación bíblica que unía sexo con procreación.

—¿Cómo ha salido todo? —lo saludó Belén. Estaba acostada mirando una película romántica y, por la expresión del rostro y por sus ojos irritados, él adivinó que había vuelto a llorar.

—Ha salido: eso es lo importante —le contestó con un tono estudiado, casi cercano a la resignación, y se inclinó para besarla. Ella le puso la mejilla, como una niña enferma a la espera de los mimos de su padre, y a él se le ocurrió que podría haber llegado con una caja de chocolates o con comida china, pero su pensamiento le pareció un pésimo presagio, como si renunciara de antemano a los sueños del cubículo.

—Habría podido traer un arroz. ¿Tienes hambre?

—Los medicamentos me han sentado fatal —dijo ella, y bastó con esa frase para que Sergio entendiera que seguía deprimida. La estaban bombardeando con una sobredosis de inyecciones cada día y pronto la intervendrían para introducirle el óvulo fecundado con la muestra que él acababa de entregarle a la enfermera. En medio de todo, pensó que su papel era más afortunado: al menos no dolía, y se asustó por el dolor de ella, ahora que se aproximaba el proceso de inseminación. Habría podido aprovechar la visita al centro médico para preguntar si le pondrían más anestesia esta vez y si le volvería a doler tanto, y se sintió culpable por su exceso de interés en las revistas.

—Si quieres salimos por ahí a tomarnos una caña y a picotear algo —le propuso, en un intento desesperado por hacerla feliz, pero ella lo miró como si hubiera dicho una herejía.

—¿Es que no lo entiendes? Me han ordenado reposo —dijo con un hilo de voz y se abrazó a los almohadones de la cama—. Además, no puedo probar nada de alcohol.

Él se acordó de la chica de *Penthouse* y, por más que se quedó pensando, no pudo encontrar la relación entre ella y ese cuerpo humano para hacer experimentos en el que se había convertido su mujer. Se recostó a su lado, la abrazó y le acarició un mechón de pelo, mientras veía rodar las lágrimas por sus mejillas.

—¿Qué pasa, *menina*?

—¿Te imaginas si esto tampoco resulta?

—No pienses tanto —le dijo y se acercó para besarla, pero ella volvió a ponerle la mejilla y él entendió que ahora no era prudente desearla. Ahora *tampoco era prudente*.

¿Acaso habría de nuevo alguna vez? La imagen de un recién nacido chillando en esa misma cama lo asustó y se sintió malvado por no estar tan seguro de desear lo mismo que Belén.

—Voy a preparar una tortilla. El doctor ha dicho que tienes que comer.

Sopa de aminoácidos

¿Cómo la materia inerte se convirtió en viva? Hay muchas discusiones sobre la manera precisa en que eso ocurrió: toda vida que conocemos parece depender de un solo episodio, decía en uno de los periódicos, y lo aparté para leérselo a Viridiana cuando llegara. Llevábamos tres días haciendo tomas de todos los muchachos, buscando ángulos, jugando con telas y papeles y nada, no habíamos avanzado nada. Tienen medidas de protección por ser menores, ni se te ocurra retratarlos de frente, me había advertido el primer día, y yo le había contestado que era un trabajo muy difícil, que nunca me había imaginado lo difícil. Ella había hecho una cara como diciendo es tu problema, haberlo dicho antes de venir: retratos hablados, la parte por el todo, metonimia, ¿así no era tu proyecto?, me había devuelto mi discurso, y yo había estado a punto de decirle que una cosa era escribir anteproyectos y otra cosa eran las fotos. Y ahora estaba ahí, rebobinando las escenas, pensando en la materia inerte y en que a lo mejor no iba a ser capaz, y hasta se me ocurrió darle una oportunidad a la semiótica de rejas, pensando por pensar, rodeado de cerros de periódicos, cuando se abrió la puerta del salón y entró como una tromba con sus mallas violeta. No me digas que estás leyendo el tarot, me dijo, y no supe si decía qué haces ahí, leyendo periódicos viejos, en vez de preparar ambientes *impro*. Quince minutos de descanso y comenzamos, muchachos, anunciaste, como si también hablaras para

57

mí, como si no te pareciera bien que estuviera leyendo en el piso, entre montañas de periódicos.

Es una entrevista a Jorge Wagensberg, un físico español, me defendí, pero me dijo que la física y ella no se llevaban bien: casi no logro graduarme por su culpa. *Eso es algo muy chocante,* insistí en leer, no sé por qué, me había caído bien el físico español y además tenía derecho a no estar todo el tiempo con la cámara, a ver si de repente me caía una manzana en la cabeza: *no es que descendamos del mono, es que descendemos de una bacteria… una insulsa sopa de aminoácidos, algo tan extraño como una célula viva…* Si te hubieran explicado que la física tenía que ver con orígenes chocantes, a lo mejor podría haberte interesado, traté de hacerle un chiste, pero ella seguía obsesionada con los retratos: ¿qué se te ocurre hacer con los periódicos?, ¿te ayudo?, preguntó en modo imperativo.

Arturo tiene razón: sería más fácil no averiguar, solté, mientras improvisábamos una escenografía de muros de periódico. Ella me miró, como diciendo ni idea de qué hablas, y luego pareció captar y dijo todavía estás a tiempo, y yo quise decir, a tiempo de qué, pero no hablamos más porque llegaron los pelaos. Nos sentamos todos en un círculo y ella comenzó a rasgar una hoja de periódico, así, muchachos, de arriba abajo, su brazo haciendo movimientos para inspirarlos, y vi que la entrevista del físico español caía al piso, hecha pedazos, entre tiras de periódico. Todos comenzaron a rasgar con movimientos a su ritmo, como si ella fuera la directora de la orquesta, sentada en flor de loto, con esa trusa y esas mallas violetas, todos siguiéndole la idea, rasgando tiras y tiras que se volvían montañas de periódico. Vamos a hacer una fuente, dijo, y uno de los pelaos propuso que mejor un mar, y comenzaron a jugar y a improvisar, primero suave y luego brusco, guerra de agua con periódicos, pura patanería, no te asustes, me acordé de lo que me había dicho en la primera clase al ver mi cara de terror cuando empezaron a pegarse: necesitan tocarse, moverse, reconocerse de otras formas, necesitan jugar, nunca han jugado a matarse sin matarse, son cachorros, y pensé que ahora por fin estaba entendiendo el juego y comencé a jugar con la cámara, entre la fuente, el mar, la música, las formas, los codazos, las patadas y los bailes: fotos cubistas, se me ocurrió mirándola jugar como si fuera una niña, las manos, un codo, la rodilla, como si fuera la hermana grande de las niñas, entre periódicos, con un olor que me llevaba a no sé dónde, y ya no podía parar de disparar: un brazo suyo, media cara, su sonrisa, y dos dándose golpes de periódico, dos hombros, dos espaldas, y otra vez su pelo negro y sus mallas, sus ojos rasgados y salvajes y allá al fondo un niño con una calavera de tatuaje. Diez fotos suyas por dos de los muchachos, me avergonzó la proporción. Traté de concentrarme en la coreografía de tres muchachas que simulaban una fuente en tres alturas y las tomé de perfil para que los gestos quedaran borrosos y solo se viera el movimiento. Ella se había levantado a poner música de Philip Glass y todo se volvió irreconocible. Las risas, las caras, el movimiento y el olor, y yo seguía tomando fotos, fotos, fotos…

10

—Al costo del tratamiento se suma el costo emocional, por no decir el dolor físico que ya ha sufrido Belén —le dijo Sergio al doctor Ong, con un tono de reproche, como si él fuera el culpable de todas esas noches en las que se hacía el dormido mientras la oía llorar. Estaban sentados en los mismos lugares de la primera vez: el doctor detrás de su escritorio y ellos dos en las sillas al frente, tomados de la mano, como entonces. La diferencia, pensó Sergio, era que casi todas las opciones que él les había ofrecido en esa primera ocasión habían fracasado y el antiguo entusiasmo en su voz parecía haber mutado a un tono más escéptico.

—Podríamos intentarlo por tercera vez —dijo el doctor, y Sergio odió su prepotencia médica que se apropiaba de sus vidas, sin acusar recibo del dolor—. No hay que olvidar ese dicho de «la tercera es la vencida», pero necesitarías descansar unos meses y surge el problema de la edad: casi cuarenta, ¿me equivoco?

Sergio se apresuró a decir que no se equivocaba y Belén lo miró con odio, como si el hecho de confirmar esa evidencia fuera el problema. Se habían sometido a dos procesos de fertilización: la primera vez habían logrado sacarle dos huevos en excelentes condiciones y luego le habían inyectado dos embriones, pero ninguno prosperó. A pesar de haber sido una experiencia dolorosa, Belén se negó a darse por vencida y Sergio la apoyó a regañadientes, más por miedo de contrariarla que por iniciativa propia. La segunda vez, en cambio, había sido perfecta: Belén aguantó las inyecciones con más tranquilidad y se resignó a poner huevos como si fuera una gallina. Aunque dos de los tres embriones implantados se malograron en la primera semana, el otro sí *prendió*. Alcanzaron a verlo palpitar en una ecografía y ella tuvo todos los síntomas de estar embarazada. Sergio trasladó a la casa la mesa de trabajo y organizó un pequeño taller de edición en el salón, para dedicarse a alimentarla y a cuidarla. En esos días maravillosos oyeron cantatas de Bach y ella desempolvó un disco de Eliana Braganza con canciones de cuna y vieron el concierto de Pink Floyd, abrazados en la cama con la manta que Belén guardaba desde que había vivido en Londres.

El doctor les había sugerido no contarle a nadie ni hacer planes, al menos al comienzo, pero soñaron con un piso más amplio, con una cuna de bebé y con un oso polar que descubrió Belén en una tienda cercana a su casa y que afortunadamente Sergio no alcanzó a comprar. Aquella noche llegó a la tienda cuando faltaban cinco minutos para las ocho y la encontró cerrada. Adentro había luz y la vendedora organizaba juguetes en una estantería, así que Sergio golpeó en la puerta de vidrio, primero con una sonrisa amable, señalando el cartelito del horario y mostrando su reloj, y luego, amenazante, con los puños. Vociferó desde la calle para exigir el libro de reclamaciones, pero la vendedora se hizo la que no lo veía ni lo oía y apagó la luz. Cuando regresó, lo supo por la cara: Belén le dijo que había sangrado, que había llamado al doctor Ong y que venía en camino una ambulancia. Él se fue sentado en una sillita sin espaldar al lado de ella, tomándole la mano y mirándole la cara, crispada de dolor. Pasaron por la tienda de juguetes y Sergio se aterró al pensar que ella pudiera ver el osito, pero se dio cuenta de su estupidez: lo menos importante era un oso polar que ella no alcanzaba a ver en esa posición. Tampoco veía cómo las calles se iban despejando con el sonido de sirena para dar paso a la ambulancia, mientras él le decía «aguanta, menina, aguanta, bonita, que vamos a llegar». Pero cuando llegaron, Belén ya había perdido a ese bebé. Y aunque el médico de guardia les comunicó «la pérdida del embrión», ellos dijeron «hemos perdido a nuestro bebé» y lloraron juntos, hasta que se la llevaron para hacerle curaciones y Sergio se quedó llorando solo en la sala de espera y luego, cuando lo dejaron verla, volvieron a llorar en la sala de recuperación. Y salieron llorando en el taxi que los llevó de regreso a la casa, y en la madrugada, cuando a ella le hicieron efecto los sedantes, él se quedó llorando a su lado, sentado en un bordecito de la cama, sin soltarle la mano, como si siguiera viajando en la ambulancia.

—Entonces, a pensarlo y aquí estaré, por si quieren intentarlo de nuevo —dijo el doctor Ong con ademán de despedida, pero el gesto de Sergio no dejaba ninguna posibilidad para la duda.

En realidad, ese día se separaron, aunque intentaron vivir juntos casi un año más.

La luz de la oscuridad

Abrí la serie *Madona con su niño* y la volví a examinar, foto por foto, secuencia por secuencia, para comprobar que ni Luz ni el niño pudieran reconocerse. Me estaba volviendo experto en fotos de espalda y de perfil, ojalá esta vez las aprobara Viridiana, y me pareció que el juego de luz y sombra les daba un contorno extraño a los dos cuerpos: ella se veía más pequeña, con ese niño en brazos, y el título podía sugerir el parentesco, aunque se me ocurrió también que la serie podría llamarse *Mis hermanos*, por qué no, un título menos literal, más *mío*, al fin y al cabo, ese era *mi* trabajo, esa era *mi* pasantía. Me quedé un rato largo mirando las formas de las caras, la nariz de ella y la del niño y hasta el mismo gesto de apretar la boca, qué raro ver genes repetidos tan perfectos, qué raro sentir algo perdido en esas fotos. Necesitaba que llegara pronto Viridiana, mostrarle si por ahí era la cosa y pedirle un tiempo libre para *mis vueltas:* ella sabía que a eso también había venido.

Me pareció que al archivo de la fuente había que cambiarle el nombre de *Impro con periódicos* por algo que conectara esa serie con la de Luz. Tal vez no era tan fácil buscar un título común porque había más diferencias que parecidos: estas son fotos más locas, pensé mirando unas imágenes que me habían quedado todas movidas, desenfocadas, fotos *orgánicas*, se me ocurrió, aunque eso no significaba nada; el título perfecto para no decir nada de nada, y volví a quedar absorto en la secuencia de dos muchachos saltando entre la cueva de periódicos porque tenía el mismo contraste entre luz y oscuridad de la serie de Luz y el niño. ¿Qué tal *La luz de la oscuridad?*, me imaginé qué podría decir Viri porque ya había aprendido a ver lo que le gustaba y lo que no, y me parecía que estaba un poco decepcionada de mi trabajo, pero esta vez sentí que había logrado algo distinto y me puse a escribir al lado de las fotos, tratando de mezclar imagen y palabras: *Luz y oscuridad,* uno de los pelaos tenía unos tenis plateados que brillaban entre esa cueva de papel, y me pareció que era eso: los brillos, las texturas, el resplandor de la caverna, la luz sobre la cueva.

Cuevas de papel

De repente me desdoblo: me meto en esa cueva de periódicos, y dejo de ser el encargado de las fotos, el que los mira por el ojo de la cámara. Me deslizo para jugar entre la oscuridad y vuelvo a estar dentro de la cueva. Cómo saber a dónde voy si no sé de dónde vengo, cómo nombrar esta memoria de un estado anterior a las palabras, pero no puedo regresar a donde estoy, es un instante y se acabó la magia y vuelvo a ser el de la cámara. Hay un rayo de luz que se proyecta en una cueva, hay algo aquí, pero no sé qué es exactamente.

¿La sede del instituto está muy lejos?, le había preguntado a Arturo esta mañana en el albergue y él me había preguntado a qué va a ir por allá, si ya le dije que *su caso*… Mi mirada había sido un poema, de terror, porque cortó la frase en seco y no dijo nada más sobre *mi caso*. Lo único, hermano, es que si se decide a ir, me avisa. Y no se le ocurra coger taxis en la calle.

¿A qué horas había entrado Viridiana? Qué belleza, la oí decir, con los ojos fijos en la pantalla. Le iba a decir que estaba concentrado buscando brillos en la cueva, que no la había visto entrar, pero ella repitió, qué belleza de fotos. Y vi que los ojos le brillaban.

II

Por eso me gusta la historia del arte. Es el estudio de cómo observar la vida con toda la atención. Es la historia del amor.

AIDAN CHAMBERS

1

Belén volcó en Lapislázuli la energía que antes había empleado en *el proyecto del bebé,* y esa expresión con la que rotuló su búsqueda obsesiva parecía protegerla del dolor, como si se tratara de otro proyecto editorial. Durante los últimos semestres, algunos libros de Lapislázuli no habían podido despegar y muchos autores e ilustradores que Sergio y ella habían formado se habían vendido a un mejor postor. Hemos caído en el estancamiento, repetía, y se fijaba solamente en números rojos y en erratas, y aunque se cuidaba de usar la primera persona del plural, Sergio sintió que descalificaba su trabajo y que le reprochaba que hubiera estado tan ausente como ella.

—Lo mismo de siempre: tú eres la única afectada —le gritó un día, en el comité editorial, en frente de Clara, de Fermín y del becario.

—Si tú lo dices —le respondió con frialdad profesional—…, pero te recuerdo que estamos hablando de falta de cuidado en la diagramación. —Y siguió señalando detalles tontos: una coma que él había quitado al insertar una ilustración, una leve mancha de color, una sangría, hasta que él se levantó de su lugar y salió dando un portazo.

Era difícil seguirle el ritmo y saber cómo iba a reaccionar: a veces irascible y la mayoría de las veces, arbitraria. Viajaba sin parar y casi siempre se lo anunciaba a Sergio unas horas antes de los vuelos, entre montañas de trabajo sin resolver. Aprobaba proyectos que él tenía que sacar adelante, sin consultarle siquiera, y llegó de la Feria de Bolonia con un libro sobre adopción que a él le pareció estereotipado. Era de Ángels, una ilustradora catalana que había adoptado una niña en Perú y otra en Colombia, y que se volvió su confidente. En el consejo editorial, Sergio se atrevió a preguntar si la decisión de publicar ese libro había obedecido exclusivamente a criterios literarios y ella le recordó que los criterios dependían de la Dirección General y lo acusó de no estar involucrado en sacar adelante ese proyecto.

—¿A cuál proyecto, exactamente, te refieres? —se le enfrentó él, con plena conciencia de jugarle sucio delante del equipo.

—Tal vez no es un proyecto en particular. Tal vez son todos los proyectos —le contestó Belén y dio por terminada la reunión.

Ese día, él redactó su carta de renuncia.

—Léela y me cuentas si te parece bien así —le dijo por la noche y puso la carta en el único hueco libre, entre el cerro de manuscritos que invadía la mesa del comedor.

—¿Te importa si termino de revisar las pruebas que me ha enviado Clara? A estas alturas, esa chica ya debería saber dónde van las comas —le dijo, sin levantar la cabeza del papel.

—Ese es el problema, Belén. Yo tampoco logro saber dónde van las comas.

—¿Qué dices?

—Estoy hablando de nosotros. O bueno, en realidad, hablo de mí. De cómo has ido moviendo las comas para hacer que tus proyectos personales se conviertan en proyectos colectivos.

—¿Es por el libro de Ángels?

—No estoy hablando de libros, Belén. ¿Es que no puedes entender que hay otras cosas en la vida?

—…

—Escucha, mi amor: me ha salido un trabajo en São Paulo. No me mires así. Todavía no sé si lo acepte. Pero he pensado que… volver a mi país… después de tantos…

—¿Me estás amenazando? —lo interrumpió, casi gritando.

—Te estoy contando.

—¿Me estás contando que vas a dejarme?

—Ya nos dejamos hace tiempo.

—¿Estás loco? ¿Cómo puedes hacerme esto, precisamente ahora cuando empezamos a preparar el nuevo catálogo? Estabas buscando trabajo y no me lo habías dicho.

—He pensado que puedo dejar trabajo adelantado… y voy a buscarte un buen reemplazo.

—Qué caballero —le dijo con sarcasmo. Y siguió revisando el manuscrito, cada vez más borroso, entre las lágrimas.

—No llores, menina. Vas a estar bien. Ahora me odias, pero luego me lo vas a agradecer.

—…

—Tú tienes un proyecto y necesitas concentrarte en sacarlo adelante. Pero yo no puedo acompañarte más.

—¿Qué dices? Si este proyecto es de los dos. No puedes rendirte ahora que las cosas no marchan. Discúlpame si he sido dura, pero alguien tiene que señalar los errores. Hay mucha competencia. Ya no somos la única editorial independiente.

—No más, Belén. Yo no hablo de Lapislázuli.

—¿De qué hablas, entonces?

—Te estoy viendo darle vueltas a ese proyecto de adopción, pero esta vez no, Belén. Esta vez no vas a llevarme la mano, como haces con tus autores.

—Yo solo le he preguntado a Ángels cómo ha sido su experiencia. Pero si no quieres, o si no quieres ahora, lo dejamos.

—No quiero ahora. No quiero nunca. Ya no más sufrimiento. Yo puedo vivir sin hijos. Yo no quiero hijos. Yo te he querido más que a nadie. Pero no puedo más, Belén. No puedo más. No quiero más.

—¿Estás seguro?

—Completamente seguro.

Tu cara es un poema

La primera vez que te mencioné la pasantía dije Latinoamérica, en genérico; te hablé de conseguir una beca de la Cooperación y tú dijiste que lo veías poco probable por la crisis. Yo no te dije que ya me habían preseleccionado y exageré que no sabía qué hacer, si enrolarme de marinero o cambiar de facultad, para poner la cosa así, de vida o muerte, como quien dice, la pasantía o el fin de mi carrera. Pensé, casi ensayé cada palabra, pero tú pusiste el dedo en la llaga: Latinoamérica es muy grande, no me mires así, que no me gustan los rodeos. Entonces te hablé de Stop Redadas, de una compañera de Sol que trabajaba en una fundación y te conté que a ella le habían gustado mis fotos, y seguí dando más y más vueltas hasta que me volviste a preguntar, de dónde es esa compañera. De Colombia, dije por fin. Y tú por fin dijiste, ¿me estás diciendo que vas a ir a Colombia?

Yo no quería romperte el corazón. Te dije solamente que quería explorar la posibilidad, *explorar*, te dije esa palabra, como si fuera un niño explorador, como si quisiera irme a un campamento de verano, pero tu cara era un poema, un poema muy triste, y pensé dos cosas: una, que no quería romperte el corazón, y dos, que al fin me había atrevido, que ya había pasado lo peor, y seguí hablando, con tu cara frente a mí, tu cara rota, y se me ocurrió una palabra peor, tu cara *destrozada*, y entonces agregué que era *solo* uno de los programas de verano con la Cooperación, que *solo* había que presentar un anteproyecto, que ni siquiera había seguridad de ganar, que *solo* era una idea, y siempre usaba la palabra *solo*, y entonces dije, nada se pierde con intentar, a ver si me salían otras palabras, y seguí hablando sin parar, no sé por qué, hablando solo, y mientras tú más te callabas, yo más hablaba, como si no pudiera ya parar de hablar, pero no te conté todo lo que había investigado. No te hablé del albergue del amigo de Viri, donde ayudaban a hacer trámites para buscar a las familias, y no solo porque te lo estuviera ocultando, sino porque yo no tenía claro si alguna vez quería averiguar. Si me atrevía. Si alguna vez podía. En serio, Belén. Cómo será que todos los días lo pienso y todavía no lo tengo claro.

Si lo que quieres es averiguar, podemos intentarlo desde aquí; para eso te he guardado todos los papeles, por si algún día quisieras saber más, dijiste, en ese tiempo extraño, y usaste ese plural, *podemos intentarlo*, como si fuera asunto tuyo, como si fuera uno de esos caprichos infantiles que vienen y se van después de algún intento, y entonces sí me convencí de que tenía que venir. *Solo.* Pero tenías razón cuando decías que el mundo entero estaba en red porque seguía en el punto cero, exactamente igual, y ya llevaba casi dos semanas en Colombia. Recuerda que puedes regresar antes de tiempo, recuerda que estoy en casa, me quedaré en Madrid todo el verano. *Recuerda* parecía ser la palabra recurrente en tus correos, como si sospecharas, tú también, lo que yo no me había atrevido a poner en palabras: que para saber lo que necesitaba hacer tenía que ser libre de saber o no saber, sin ver tu cara. Aprovecha, Belén, échate un novio, te dije por Skype cuando me contaste que habías estado en una fiesta, pero me arrepentí inmediatamente. Trataste de fingir una sonrisa y justo en ese instante falló la conexión y ahí quedó la mueca, pegada en la pantalla: tu boca en el momento imperceptible en que la risa y la tristeza se confunden, tu boca de dolor, antes de corregirla, congelada; tu cara pixelada. Belén, no puedo verte, se ha caído la llamada, mentí, y repetí no puedo verte, y tuve que cerrar Skype para que te desdibujaras. Pero ahí estabas otra vez: Belén está conectada, seguía diciendo Skype, y volví a ver, en mis contactos, la foto que te había tomado cuando te instalé la actualización. Al menos algo bueno había quedado de ese día.

Borja me había mandado el catálogo de la exposición de Stop Redadas ya editado, con mis fotos: «*Somos iguales.*

Hombres y mujeres, negros y blancos. Nos lo enseñan en la escuela. Lo comprobamos cuando nos hacemos amigos de Malik, Sumi, Claudia Milena, Vladimir o Chin Tao. Somos iguales. Y sin embargo, la Ley de Extranjería no dice lo mismo: unos podemos caminar por la calle sin miedo, sin que nos pidan la documentación y nos detengan si no la llevamos… Y somos iguales. Pero no en derechos… Paremos la Ley de Extranjería. Stop Redadas».

Habían escogido dos retratos de la serie que había tomado en Sol: uno de Mile y otro de Chin Tao, y me di cuenta de todo lo que había aprendido en estos días por no poder retratar caras de frente. El mundo estaba en red, tenías razón, Belén. El mundo, por donde se mirara, era un lugar injusto, pensé y se me ocurrió, no sé, darte las gracias, y seguí mirando las otras fotos del catálogo y me pareció que eran mil veces mejor mis fotos, que te gustaría verlas publicadas, y me acordé de Luz, quién va a cuidarme al niño cuando me operen si no se me despega ni un minuto, me había dicho esta mañana, y me habían dado ganas de decirle yo lo cuido y de llorar también, llorar amargamente como si fuera el niño, quién me lo va a cuidar si a mí me pasa algo en esa bendita operación, y yo no había podido decirle nada, ninguna de esas frases de todo va a salir bien, porque me había quedado mudo, paralizado, *destrozado*. Disfruta de las chicas colombianas por ahora, que aquí hemos levantado los campamentos. Stop Redadas también tiene derecho a vacaciones. Y dale un beso bien apasionado a la bailarina de mi parte, me había escrito Borja, y le escribí para pedirle que consiguiera otro catálogo y que te lo dejara en la oficina.

2

Mientras Belén comenzaba a hacer contacto con la Liga
de Adoptantes de Madrid, Sergio fue desocupando los cajones. Al fin y al cabo, no era demasiado lo que quería llevarse para São Paulo, le dijo, y le echó la culpa al exceso de
equipaje para evitar el dolor de separar el grano de la paja:
un ejemplar de cada libro de Lapislázuli que habían hecho
a cuatro manos, el cuadro de la sala y toda su colección de
las *Variaciones Goldberg*, desde las archiconocidas de Glenn
Gould, pasando por las de Barenboim y Keith Jarrett, hasta
las más experimentales, para grupos de cámara o de rock,
con instrumentos de viento o percusión, cantadas a capela
o interpretadas con cornos, violines y hasta peines, como
solía bromear Belén, cuando viajaban juntos y él se las arre-
glaba para sorprenderla con otra más de las versiones que
iba encontrando en Ámsterdam, Berlín o Nueva York, en la
tienda de un melómano tan obsesivo como él en Córdoba,
Argentina, o en el despacho de un editor mexicano. Tuvieron problemas con los discos de Joni Mitchell y Leonard
Cohen, con el concierto en vivo de Pink Floyd y con la primera edición de *Donde viven los monstruos*, de Sendak, que
habían comprado juntos en City Lights de San Francisco y
que les hizo recordar los días felices en los que la editorial
comenzaba a ganar premios y ellos aprovechaban los viajes
de trabajo para escaparse a una playa desierta, a una casita
en la montaña o a cualquier sitio clandestino, después de
ferias y congresos, para buscar las Tres Marías, como era su
ritual, desde una vez en el Camino de Santiago, cuando ha-
blaron de la posibilidad de vivir juntos.

La idea era ser civilizados, pero hubo momentos de tensión y de pasión, otros normales y de odio, y otros en los que volvieron a llorar como aquella noche cuando perdieron al bebé. Aunque Lapislázuli estaba pasando por un mal momento, Belén le reconoció a Sergio la mitad del porcentaje en sus acciones y consiguió un préstamo para pagarle un buen anticipo, y le compró los muebles, la impresora, el juego de recipientes de bambú para hacer verduras al vapor y la silla Barcelona. La víspera del viaje hicieron el amor y, aunque los dos lloraron de placer y de dolor, supieron que hacía tiempo habían dejado de ser una pareja. Ella lo llevó al aeropuerto y no quiso bajarse «para evitar un melodrama». Estacionó en la zona reservada a los viajeros y le entregó la llave del Volkswagen para que sacara sus maletas. Abrió la ventanilla y lo besó en la boca: él agachado y ella con la cabeza afuera, como si fuera una esposa que lleva a su marido al aeropuerto para un viaje rutinario de negocios, pero con los nudillos casi blancos aferrados al volante. Y él se alejó y ella esperó hasta ver que la puerta de la terminal se abría y se cerraba. Ella arrancó y él empujó el carrito con sus maletas y cada cual echó a andar por su camino, pero ninguno vio las lágrimas del otro. Tal vez habían llorado tantas veces juntos que bastaba.

El misterio

Al quitar una tabla aparecía el botín en el fondo de tu armario. Había ropa interior que alguna vez debiste usar, pero que nunca vi en la lavadora, cartas firmadas por un tal *Fer* con muchos corazones, fotos con tu cara igual, pero de niña, collares rotos, unos guantes de equitación, unos dibujos míos, muy feos, y otra tonelada de cosas que guardabas sin sospechar que me gustaba jugar al detective. El armario tenía una llave, pero yo me volví experto en forzar la cerradura: usaba mis guantes de invierno para no dejar huellas, igual que en las pelis, y te robaba cuentas de collar, monedas de países o algún tesoro de la caja por una especie de placer; era algo así como un entrenamiento, como si para volverme grande tuviera que robar.

Debajo de la tabla encontré un sobre blanco con sello verde del instituto, y como ya había visto esas letras verdes en algún lado, no sé dónde, sospeché que estaba cerca de dar con una clave de *El misterio*. Me parece que era lunes porque después pasé bastantes días de la semana investigando cómo abrir el sobre sin dejar huellas digitales y sin romperlo, sobre todo, para que no te fueras a dar cuenta. Por esos días cenábamos los dos en un silencio que dolía y que atribuiste a mi preadolescencia, una palabra que decías con tus amigas y que yo no terminaba de entender. Quisiera saber qué piensa, oí que le decías una vez a tu amigo Sergio, cuando le dejé mi habitación porque él iba para Frankfurt, y no me olvidaré de su respuesta: no piensa; a esa edad es imposible pensar, con esa profusión de hormonas, ya se le pasará, déjalo en paz. Además de atrevido, me pareció un imbécil porque yo no hacía nada distinto de pensar, cómo no iba a pensar si maquinaba día y noche cómo abrir ese sobre, hasta que un día busqué el cortapapel que usaba el abuelo para abrir los libros que en sus tiempos venían así, con páginas cerradas, me habías dicho alguna vez, yo recordaba la charla completa, y me acordaba de haberte preguntado entonces si además de leer había que abrir las páginas, doble trabajo, y tú te habías reído tanto y me habías enseñado a usar *el cuchillito del abuelo*. Pero solo *bajo supervisión,* esas palabras habían quedado unidas a tu cara de advertencia, y tengo claro que era lunes cuando logré abrir el sobre, no sé cuántos lunes después, pero lunes sí era, porque los lunes tenías comité, y le habías dicho a Rosa que podía irse a la misma hora de los otros días, que ya había crecido yo lo suficiente como para poder pasar dos horas solo. Y ahí estaba, solo, leyendo, y aunque el sobre se había roto un poco, ya no me parecía tan grave y ya tendría que ver cómo pegarlo...

Menor declarado en situación de abandono. Desnutrición aguda. Atendido con primeros auxilios en el Hogar Los Can-guritos, donde fue abandonado el día 1.° de abril del año en curso con la estatura y el peso que se anotan en la curva, por debajo del promedio esperado para la edad, que se infiere de tres años. Desarrollo psicomotriz: debajo del promedio. Se ad-junta evaluación. Lenguaje: no se puede evaluar porque no habla. Observaciones: se muestra ausente, no responde cuando se le llama por su nombre, no tiene intención comunicativa y rechaza el contacto, sentí la puerta del ascensor y organicé las hojas, y mientras te oí buscar las llaves en el fondo de tu bolso, cerré el sobre, pero ese día abriste la puerta más rápido. Habías llegado de tres zancadas a tu cuarto y me viste cerrar la puerta de tu armario, y entonces me fijé en un pequeño detalle: tenías el bolso negro y no ese azul en el que se te perdían siempre las llaves. En esta casa no hay secretos, dijiste, sin saludar, pero no porque estuvieras fu-riosa, sino por algo distinto que vi en tu cara y que no había visto antes: algo que no sabía cómo nombrar pero podía *inferir* y era que estabas *muy* asustada. Dime lo que quieres saber, tengo todos los papeles, toda tu historia, para cuando quieras que… hablemos, que veamos. Solo me dices y ya está: todo guardado para ti, para cuando llegue el momen-to, para cuando lo consideres *estrictamente necesario,* sonó tu voz y cada palabra estaba bien: así eran tus palabras, tan claras, tan precisas, *cuando llegue el momento,* pero algo no coordinaba, ya sabes, cosas de detectives, hipótesis, indicios. Algo no encaja, pensé, pero te dije sí, Belén. Por esos días me había dado por decirte Belén y no mamá. ¿Te importa si te llamo Belén?, te había preguntado, y en ese momento me pareció que tenías una cara parecida, cara de horror, perdona la palabra. Entonces ya lo sabes, insististe, cuando quieras saber algo me puedes preguntar, y yo repetí, sí, Be-lén. Pero en tu cara algo *chirriaba.* Y a mí se me volvían a aparecer las letras verdes de ese instituto.

Y las palabras. Las palabras.

3

Había quedado con Ángels en el bar del Teatro Español y se sintió medio culpable por pasar sin transición del aeropuerto a la plaza de Santa Ana, pero ya iba retrasada, y además pensó que era mejor dejar que el rastro de agua de Colonia de Sergio terminara de evaporarse de su baño. Imaginó la casa sola y silenciosa, y el miedo de llegar y no encontrarlo nunca más suplantó por un momento al nuevo miedo que ahora, ya sin él, ya nunca más con él, tendría que afrontar. «Complícate la vida», decía el anuncio de un perfume en la avenida, y se quedó mirando a la modelo de la valla que insinuaba enredos amorosos, tan distintos del lío en el que estaba a punto de meterse, hasta que el semáforo cambió y la obligó a concentrarse en la mejor opción de estacionar. Dio varias vueltas en busca de un lugar, pensando en los argumentos de Sergio sobre el libro de Ángels, autoayuda para escolares, y se dio cuenta de que eran ciertas sus palabras: cómo se habían movido las comas, los puntos, los proyectos... Después de mil maniobras para caber entre un Audi y un Citroën, qué mal se le daba estacionar, se habría burlado Sergio, se quedó absorta en la imagen de una mujer que empujaba un cochecito de bebé y tomó conciencia de cómo su paisaje se había llenado de bebés, y se sintió libre de no tener encima los ojos de Sergio intentando distraerla del dolor. Libre, pero también desamparada, pensó. Libre por fin: ¡completamente sola!

—Ha sido un largo camino —se disculpó por llegar con media hora de retraso.

—Sí, un largo camino, pero ya te acercas a la meta —le contestó Ángels, con tono de autoayuda, y le entregó un folleto.

—«Adoptar en Madrid»: parece un título turístico —dijo, con un toque de sarcasmo, mientras el folleto de adopción le temblaba entre las manos.

—Ahí está la información que necesitas. Y también te he traído, para animarte, este regalo —dijo Ángels y le entregó una foto en un portarretrato—. Celia es la mayor y Elsa, la pequeña.

Belén se fijó en los rasgos *sudamericanos*, que contrastaban con los abriguitos de Prenatal y con el pelo rojo de Ángels.

—Son preciosas —le mintió—. Y se parecen entre sí.

—A primera vista, pero son como el agua y el aceite. Celia es más *chola*: mírale los ojillos rasgados, y también es más introvertida, casi taciturna. Ancestros incas, supongo.

Elsa, en cambio, es del Caribe. Ahora, con el invierno, está menos morena. Y baila salsa y vallenato: tendrías que verla moviendo las caderas cuando suena un vallenato. ¡Qué ritmo tiene!

—¿Vallenato?

—Es una música típica colombiana. Les he traído música, para que no pierdan sus raíces. En casa pasamos de Mozart y Rosa León a los vallenatos y a la música andina. Nos hemos vuelto multiculturales —se rio Ángels con los ojos brillantes perdidos en la foto de sus hijas. «Complícate la vida», recordó a la modelo del perfume, mientras hacían un brindis, y Ángels le contaba que Celia había necesitado terapia psicológica, pues había pasado seis meses sin decir una palabra—. En el expediente ponía que ya había aprendido a hablar, pero no hay que tomar en serio esos informes. Ve tú a saber el nivel profesional de la gente que los hace.

Por el problema cultural y por el idioma, le explicó Ángels, era recomendable hacer la solicitud para un país

80

sudamericano, aunque sabía también de otras amigas que habían adoptado en China y no les había ido mal.

—Colombia es una buena opción. Descontando los problemas de violencia, o tal vez justamente por los problemas de violencia, son una potencia en temas de adopción. Se han vuelto especialistas en exportar niños.

—Lo dices como si hablaras de café… o de cocaína —reaccionó con acritud, y se acordó de su amiga Genoveva—. En Colombia vive gente como nosotras —recitó, como si fuera una embajadora.

—Si lo voy a saber yo, que tengo una hija colombiana. Lo que quería decirte es que, puestos a escoger, me quedo con el sistema colombiano. Es más profesional: así nos entendemos, ¿vale?

—Vale. Por Celia y Elsa —dijo Belén, y levantó su copa.

—Por la tuya —dijo Ángels.

—¿La mía? ¿Y si no resulta?

—Pero qué dices, guapa. Quieres ser madre, ¿no?

—Claro que quiero.

—Eso es lo único que cuenta. Hay muchos métodos, legales e ilegales. En algún lugar del mundo, ve tú a saber, ahora mismo está tu hija. O existe una mujer que no sabe qué hacer con su embarazo y necesita una madre como tú. Ya verás cómo se encuentran.

—Nunca había pensado en eso. Es cruel, ¿no te parece? Que mi felicidad dependa de la desgracia de otra.

—No lo pongas en esos términos. Más bien piensa en un asunto de mutua necesidad, de mutuo beneficio —dijo Ángels, mirando su reloj—. Pero qué tarde se me ha hecho. ¡Las niñas! ¡No puedo hacerlas esperar! ¿Pedimos calamares o ensalada de primero?

—Elige tú. El vino me ha dado un poco de mareo —contestó, mientras le volvían a dar vueltas en la cabeza la frase y la modelo: «Complícate la vida». Pensó que Sergio podía tener razón al insistir en la obviedad del libro de Ángels, y pensó también que era mejor no pensar tanto.

—Mareo: buena señal. Tomamos ensalada —decidió Ángels por las dos y le hizo una seña al camarero.

Fotografía subjetiva

¿Usted cree en esas cosas?

¿En qué cosas?

En Dios, en religión, en algo más allá. A veces toca creer, ¿no le parece, Federico?

No.

Esta es la medalla de la Milagrosa y este es el Niño Jesús de Praga, ¿no ha ido por allá?, me mostró Luz y se acercó más de la cuenta, mientras el niño jugaba con la cadena y las medallas tintineaban: virgen, niño se encontraban; virgen, niño se alejaban y desaparecían, de la mano de ese niño, y su mano volvía a meterse en las profundidades y yo la veía aparecer y desaparecer, el viejo juego, pero otro, y ella insistía, no me diga que todavía no ha ido por allá. Si quiere, vamos juntos.

¿A Praga?

Ella se rio con esa misma risa de las fotos y el niño la imitó. Bobo, a la iglesia del Veinte de Julio: ¿no ve que allá está el Niño Jesús de Praga? Booo, trató de repetir el niño y se volvió a reír, pero se puso serio y me esquivó la mirada cuando vio que lo miraba. Voy a ir el domingo para pedir que me vaya bien en la operación, quieto mijito que me revienta la cadena, levantó la mano como si fuera a darle una palmada, y el niño pegó un brinco y la cara se le transformó en mueca de miedo. Yo me apego a todos los santos, yo tengo un angelito, uno por lo menos que me cuida, más el ángel de la guarda de este niño.

¿Usted cree en esas cosas, Federico?, volvió a insistir, y yo volví a decir que no.

Hacia las cinco de la madrugada, cuando estaba echando candado en el bar, vi a una pelada como de quince años con un niño que no paraba de llorar. La pelada me preguntó a qué horas abrían el Hogar Infantil y le contesté que a las siete de la mañana. Se veían como de familia de recicladores, pero no estoy seguro porque eran un montón, y todos parecidos.

Bailar, teatro y ayudar son los legados de mi familia. Al lado de mis hermanos biológicos, parece que yo no sé bailar: qué ritmo tan perfecto. Y lo de hacer teatro me viene por haber crecido con tantos actores en mi casa, en la casa de mis padres adoptivos, había explicado Viridiana cuando fueron los de la ONG, una especie de Médicos Sin Fronteras, pero de psicología o alguna de esas disciplinas, inter o transdisciplinarias, a dar un taller-simposio-seminario: «Proyecto de Vida». Mucha originalidad, se había burlado Viri, todas las organizaciones parecidas daban talleres parecidos que no servían de nada, pero eran diez horas curriculares que les servían a los pelaos para descontarlas de su tiempo de internado. ¿Y lo de ayudar?, le había preguntado el facilitador a Viridiana. Facilitador, no tallerista ni mucho menos profesor, nada que ver con profesor, había aclarado cuando Rasta lo había llamado profe antes de comenzar. Y ahora le preguntaba a Viridiana, de dónde viene eso de ayudar en tu proyecto. En tu proyecto de vida, completó.

Supongo que también viene de mis padres adoptivos. Ellos me salvaron, dijo ella, fingiéndose espontánea, pero algo me dijo que todo el taller era *libretiado*, y el facilitador siguió conmigo, y cuando lo miré como diciendo no entiendo la pregunta, volvió a decirme: tú qué haces, Federico. ¿Por dónde canalizas tu proyecto vital?

Yo lo miré, exagerando un gesto boquiabierto, como diciendo no, no entiendo, y él insistió, vocalizando: ¿qué ha-ces… tu pro-yec-to?

Fotografía subjetiva, recité el título del proyecto de pasantía, sin más explicación. De malas si no entiende, pensé mirándole la cara, pero Viri me miró como diciendo te estás portando mal, y yo volví a decir, fotografía de las emociones, y sospeché, al ver la cara del facilitador, que mi explicación tampoco ayudaba. Me gusta trabajar con cámara de antes. Pasar las horas en un cuarto oscuro y ver cómo se van dibujando los rostros, de la nada. Me gustan las diapositivas: de proyector, como las de Kodak. Reciclo imágenes, seguí, superponiendo una palabra encima de la otra, llenando el silencio con frases sin ton ni son, como decía Belén cuando sabía que yo sabía que por ahí no iba la cosa, pero ya no sabía por dónde podía ir...

El facilitador le dio la palabra a otro de los pelaos y dijo gracias, Federico, como quien dice cierra la boca. El pelao se llamaba Wilson pero todos le decían el Zorro. Quiero montar una panadería, dijo el Zorro, y había que ver la cara de todos, exceptuando la del facilitador. Todos ahí, tratando de aguantar la risa: el Zorro, nada menos, montando una panadería.

4

—La adopción plena es irrevocable. Confiere al adoptado una filiación que sustituye a la de origen. El adoptado deja de pertenecer a su familia biológica y ese parentesco se extingue. En otras palabras, una vez decidida la adopción, no hay marcha atrás, ¿me explico?

Por supuesto que se explicaba. ¿O creería que eran imbéciles?, pensó Belén, sin levantar los ojos del cuaderno, para evitar que su mirada pudiera convertirla en «no apta para continuar con el proceso». Estaba ahí, copiando cada frase, como si se hubiera matriculado en un seminario de finanzas para microempresas culturales, y se preguntó cuántas veces habría dictado esa funcionaria la misma clase. ¿Tendría hijos o nietos?, se distrajo mirando su traje de burócrata, su pelo tan peinado, ¿o era una peluca?, y sus ademanes profesionales que subrayaban la distancia entre ella y el grupo de «aspirantes». Ahora enumeraba una lista de trámites y exámenes que todos los futuros adoptantes, ¡sin excepción! —qué forma tan escolar de subrayar ciertas palabras—, estaban obligados a cumplir. Tal vez para matizar el énfasis de obligatoriedad, cambió súbitamente a un tono jocoso y dio ejemplos triviales, casi ofensivos, de parejas que habían olvidado un requisito: que no adjuntaron en la carpeta el certificado de idoneidad, que el perro se ha tragado el dictamen psicológico: pues se devuelve el expediente y vuelta a comenzar, porque esto no es un juego y hay niños de por medio. Y mientras la pareja que estaba a su lado sonreía con excesiva complacencia, los dos tomados de la mano, en plan padres perfectos, Belén tuvo que reprimir un impulso de salir corriendo o de gritarle a esa mujer que no fuera irrespetuosa, que esto era lo más serio que mucha gente haría en la vida, pero siguió tomando notas, como si desahogara en el papel la indignación, y ahora decía la funcionaria que un hijo no es un trofeo ni una mercancía, que no resuelve problemas de pareja ni llena los vacíos de otras pérdidas y, aunque se repitió que aquello no era más que un requisito, sintió que las piernas le temblaban y pensó que era injusto rendirle cuentas al Estado por una decisión tan personal: ¿acaso la gente tenía que demostrar su idoneidad ante la Comunidad de Madrid para quedarse embarazada?

De tanto reteñir los puntos en cada *i* de idoneidad, rompió la hoja y retrocedió a sus tiempos de colegio, cuando le revisaban los cuadernos. Si así era su caligrafía, qué haría con un bebé: ¿le clavaría las uñas con esa misma fuerza? Un gesto instintivo venido de otros tiempos la llevó a tapar los agujeros de la hoja con la mano, mientras la funcionaria se despedía del auditorio.

—Quince minutos de descanso, antes de comenzar el taller psicológico —les advirtió y les deseó mucha suerte en el proceso.

Belén se acercó al puesto del café, avergonzada por no tener con quién hablar ni a quién colgársele del brazo. *How I wish you were here*, pensó en la canción que le cantaba Sergio, pero pensó también que era un alivio no estar ahí intentando convencerlo de que hiciera buena cara, como ese marido que le servía un café a su mujer y parecía soportar con estoicismo sus gestos de advertencia. Trató de descifrar qué se decían y vio cómo se iban formando a su alrededor grupos informales de parejas que compartían inseminaciones fallidas, abortos espontáneos y gastos de tratamientos infructuosos, como si se tratara de temas cotidianos que se ventilan con cualquiera, o como si todos se hubieran convertido de repente en una nueva gran familia. En cierta forma, agradeció a su soledad que la exonerara de sacar al sol sus cueros y sus tripas y se acordó de aquel refrán que solía repetir su madre sobre la ropa sucia, pero no supo si era que prefería lavarla en casa o si era que no tenía otra opción, porque nadie le hablaba y nadie había notado su presencia, hasta que llegó el psicólogo y todos regresaron, obedientes, a sus puestos.

La prueba psicológica tenía preguntas obvias que le recordaron los formularios de las aduanas extranjeras, ¿Trae armas, material vegetal o explosivos? ¿Pertenece a un grupo terrorista? Comenzó con aquellas en las que había que marcar un simple NO: ¿Ha sufrido de depresión o de trastorno bipolar? ¿Le han diagnosticado alguna enfermedad física o psíquica que le impida adoptar un hijo? ¿Padece con frecuencia de dolores de cabeza o de estómago? Luego siguió con otras más difíciles, para las que estaban destinadas cinco líneas. ¿Por qué quiere adoptar? ¿Qué pasa si después se queda embarazada? ¿Qué sucede si usted es madre soltera y después de adoptar encuentra una pareja? Decían que un hijo no llenaba vacíos y se contradecían con ese tipo de preguntas, y después había que formar grupos de seis que ella volvía impares para compartir las respuestas y lavar la ropa sucia en las plenarias, y la sesión finalizó con un juego de roles que ella jugó, porque sabía que estaba jugándose a su hija, y logró aprobar el curso. Le dieron la constancia y le asignaron una cita con otro psicólogo de la Comunidad de Madrid que parecía más preocupado por cuestiones prácticas: estabilidad laboral, ingresos mensuales, posibilidad de contratar ayuda para cuidar al hijo, y por pasar su cuenta de honorarios. Fue él quien mencionó por primera vez «el problema de la edad» y le informó que, por tener más de treinta y cinco años y por ser madre soltera, quizás le asignarían una niña de dos a tres años.

—¿Aceptaría usted una niña de entre dos y tres años? —le preguntó, mirándola a los ojos.

—Acepto —contestó sin pestañear. Muerta de miedo, a punto de embarcarse, utilizó el truco mágico de mirar

fijamente a los ojos amarillos de los monstruos sin pestañear una sola vez.

—¿Opción Colombia? —volvió a preguntar el psicólogo.

—Opción Colombia —dijo, mirándolo a los ojos. Fijamente.

Travesía

Las calles disminuían en la cuenta regresiva: 7 y 6 y 5,
y me pregunté qué seguiría cuando no hubiera más números, pero volvieron a empezar, ahora en negativo, primera sur y 2 y 3 y 4 y 5, con esa misma denominación
mundial, *S* de Sur, y me acordé de un disco de Belén, *El
sur también existe*, Benedetti le canta a Serrat o al revés,
Serrat a Benedetti. Entre las frenadas en seco de la buseta
y el aire sofocante, alcancé a ver cómo se iban quedado
atrás todos los árboles y quise preguntarle a Viridiana por
qué los ladrillos rojizos y parejos que me había mostrado
como una seña inconfundible de la arquitectura bogotana
se habían convertido ahora en esos bloques desiguales sal-
picados de cemento mal echado y por qué las terrazas se
habían convertido en esos muros inconclusos con varillas
salidas, como si alguien se hubiera ido en la mitad del trabajo, pero pensé en la cara que habría hecho. Acababan de
desocupar dos puestos y ella me dejó pasar primero, hazte
en la ventanilla para que puedas ver, dijo como si fuéra-
mos de *city tour*, y yo me concentré en las rejas que pasaban y que eran las más locas que había visto en todo
Bogotá: rejas de flores, rombos, trapecios y hasta caras de
leones y de pájaros se mezclaban con alambres de púas
entorchados, como de campo de concentración, casas por
cárcel, dijo Viri, y señaló ese cielo que parecía también en
obra negra, con tanto humo de buses, busetas y camiones
como una nata gris, en vez de nubes, y vi pasar talleres de

mecánica, depósitos de materiales, iglesias con nombres raros de Jesucristo de los últimos días y misceláneas con vísceras de pollo y frutas mustias por esa ventanilla empañada de hollín y de respiraciones. Un letrero rayado con pintura roja parecía marcar la 24 y a la *S* le habían pintado una serpiente, estilo Adán y Eva. Viri tocó el timbre una vez, y nada, y lo volvió a tocar dos veces más y nada, hasta que la buseta aceleró y luego frenó en seco sobre el carril de la mitad y nos tiramos en picada, y tuvimos que esquivar todos los carros que iban a matarnos. Entonces sentí que Viridiana se había transformado de guía en forastera y se me cruzó la idea de que los dos andábamos en contravía: ella alejándose y yo acercándome, yo regresando, entre ese olor de tierra y polvo.

No sé a dónde.

«Miscelánea Soluciones», leyó Viri en su libreta, y vi cómo aprovechaba para palpar su mochila y verificar que cada cosa siguiera en su lugar. Aquí nos pueden orientar, me hizo un gesto para que entráramos, pero yo me quedé casi hipnotizado en la puerta mirando un cerro amarillo o marrón, no supe bien, amarillo con marrón; amarillo, ocre, naranja, terracota, depende de la luz, porque era una luz cambiante, como para hacer una serie de fotos: Desierto en Bobotá, pensé, y sentí que algo en esa luz tenía que ver conmigo. Ni se te ocurra sacar la cámara, me advirtió Viri y me dio una especie de empujón para que me quitara de la puerta, para que no estorbara. Estaba oscuro adentro y había un olor de cerveza mezclado con cebolla. Cilantro, dijo Viridiana, cuando le pregunté por el nombre de esas hierbas. No me digas que no conocías el cilantro, me dijo, y yo le contesté que conocía el olor, pero no el nombre.

¿Sabe dónde es el Jardín Mis Canguritos?, le preguntó Viri al señor que atendía la miscelánea y él le dio indicaciones que no atendí porque estaba fascinado viendo cómo podían caber, en ese cuarto, tantos tesoros, desde una licuadora hasta un destornillador, y traté de hacer un inventario mental para mi colección de imágenes sin cámara: un cuaderno de mujer con tanga y otro de los Simpsons, un borrador, una caja de colores, unas medias de mujer, el *Álgebra* de Baldor, la *Odisea*, edición resumida, un anillo con collar compañero, una cometa de Los Pitufos, botas de caucho con la Bella Durmiente de Walt Disney, un camión de plástico parecido al que yo todavía tenía, un Transmilenio…

5

A la alegría de recibir por correo el certificado de idoneidad psicológica le siguió la preocupación por la visita domiciliaria de la trabajadora social, que era la continuación del trámite. ¿Qué examinan?, le preguntó a Ángels, como si fuera una alumna, y ella fue a visitarla el sábado por la mañana para tranquilizarla, o al menos eso dijo, mientras revisaba sin piedad puertas, ventanas, instalación eléctrica, armarios y cajones, metiendo la nariz en todo y señalando inconsistencias: por los barrotes de la terraza cabe una cabecita y no hay que olvidar que vives en un quinto piso, pero no pongas esa cara, que tengo un carpintero para solucionarlo; esta biblioteca no tiene estabilidad y los diccionarios podrían aplastar a una criatura —le dijo, mientras zarandeaba la biblioteca de caoba de su abuela—; tienes que comprar unos protectores de enchufes en la ferretería para evitar riesgos de electrocución porque los niños adoran los peligros, y en la bañera tendrías que poner un antideslizante y buscar un recubrimiento que proteja este vértice, de modo que no se rompa la cabeza en un descuido tuyo, y la tele no puede estar así sobre este mueble, porque vamos a suponer que la pequeña tira del cable y se le viene encima, y así fue enumerando toda clase de peligros en los que ella no había reparado, y la fragilidad se apoderó de cada rincón del territorio conocido y recordó aquella vez que se había caído, por saltar en la cama grande, y su padre la había llevado al hospital para que le cosieran la barbilla, y se palpó la cicatriz que todavía le recordaba aquel viejo dolor, y volvió a ver la cara de pavor de su madre. Al fin podía entender las advertencias familiares: mira a los dos lados antes de cruzar la calle, y tuvo un miedo, cómo llamarlo, ¿existencial?; un miedo a las catástrofes que se combinó con otro más terrible y cotidiano: un miedo al primer día de colegio, a no tener amigos, al diente que se cae, al pinchazo de la vacuna, a los exámenes. Ángels le vio la cara de terror y se volvió más complaciente: verán que tienes lavadora y la cocina tiene los elementos esenciales para una dieta balanceada, y el parque de la esquina les gustará, pues siempre se fijan en la zona: no olvides que estos niños vienen de países deprimidos y tú tienes recursos, y te preguntarán si puedes contratar a una canguro; pero, mujer, no me mires con cara de catástrofe, que también examinan tu capacidad para sobreponerte a las dificultades, y no les gustaría pensar que eres tan aprensiva.

Y fueron dos mujeres, como tantas en el mundo, pensando sin pensar en que ojalá no fuera a pasar nada y sabiendo, sin saber, que todo iba a pasar: la fiebre, los columpios, el brazo roto, la muerte que acecha entre la vida cotidiana; los Reyes Magos, el pediatra, los cumpleaños, el mar, el sol, la natación, el mundo actual, las drogas, la anorexia y la bulimia, los deberes, la dislexia, el tercer mundo, la carga genética y la eterna pregunta sobre lo innato y lo educable: las frases de su padre, «Lo que natura no da, Salamanca no lo presta», el legado de los Müller, la cuna, la cultura y otras telarañas, y se asomó también el hijo de Sergio que ella no había podido albergar entre su cuerpo y tantas cosas más que era mejor no imaginar, mientras Ángels seguía buscando debilidades, fortalezas y puntos por resolver en el examen de ser madre. Abrió el armario de la entrada y vio, junto a los abrigos de invierno, unas botas de Sergio. Tienes que deshacerte de todos los rastros masculinos: si has dicho que vives sola, no puede haber ningún detalle que haga pensar que ocultas un secreto, y luego vio la foto en la mesita de la entrada y le hizo la pregunta que ella aún no se había hecho, que no se había querido hacer.

—¿Qué opina tu madre de la decisión de adoptar una niña colombiana? Ellos investigan antecedentes familiares: la red de apoyo, ¿sabes? Es importante, especialmente en nuestro caso de madres solteras. La ley nos garantiza el derecho de adopción, pero no puedes olvidar que para un niño cuenta mucho tener una familia: primos, tíos, abuelos... ¿Sabe tu madre que vas a adoptar? ¿Está de acuerdo?

Por supuesto que no, pensó, pero movió la cabeza en señal de asentimiento. Esa noche no durmió, imaginando cómo iba a decírselo.

Los Canguritos

Una perra gris estaba encadenada a un poste con una cuerda larga y no nos atrevimos a pasar la calle. Se me salió una frase rara, *chite, perra,* y mi brazo izquierdo se quedó rígido otra vez, doblado detrás de la espalda, en la posición automática de siempre. Con el otro brazo hice un gesto como de piedras en la mano y volví a gritarle fuera, y la perra me mostraba los colmillos y gruñía, y yo dejé salir el miedo, *chite, perra,* todo el miedo, con un chillido que no sabía de dónde venía, con una mueca puesta, con un sabor de miedo que me subía desde el estómago, y siguió saliendo miedo en esos gritos, mientras la perra ladraba más y gruñía más, en una competencia de gritos y ladridos. Viridiana me miró como si fuera otro y le agarré la mano y así, con ella cerca, me atreví a pasar la calle por un borde, como si fuera un precipicio, rogando que la cuerda no alcanzara. Al otro lado vi una flecha oxidada que decía Los Canguritos, como si fuera el final de una prueba terrible, y la perra se quedó ladrando atrás. Así, de lejos, me pareció un poco exagerado haber tenido tanto miedo, pero apreté más la mano de Viri y me sentí tan fuerte como cualquiera de los pelaos, aunque mi mano tenía un sudor helado y pegajoso. Perra que ladra no muerde, dijo Viridiana, y no supe si se estaba burlando o si también estaba asustada, y no por la perra, sino por haber descubierto que no me conocía. Arturo le había pedido que me acompañara al lugar que salía en mi expediente, a ver si de pronto aparecía alguien que conociera a alguien que conociera a alguien que pudiera saber algo, así dijo, para que me quedara claro que era casi imposible encontrar alguna pista. Se había tenido que ir de urgencia a Ibagué para averiguar por la familia de Pierre, un francés que llevaba menos de una semana en la pensión, porque habían encontrado *algunas evidencias*, eso dijo, y quise preguntarle si ese francés pagaba más que yo, pero él se adelantó y volvió a insistir en las *escasas probabilidades* de *mi caso*.

«Bienvenidos a Los Canguritos», leyó Viri, y yo me quedé mirando ese dibujo de unos canguros mal calcados, o copiados, y sentí que ya los había visto, pero dónde. Una mujer con delantal de flores se asomó por la reja y nos gruñó, a la orden, estilo Hansel y Gretel, y Viri le dijo que estábamos buscando a Azucena. La mujer pronunció *doctora* Azucena, en modo profesora, y nos informó que estaba ocupadita, la doctora. Hoy no se atiende público, por qué no respetan el horario, gruñó, señalando otro cartel muy institucional, y entonces Viridiana se puso a usar todas sus técnicas de *impro*. Dígale que es de parte de Viridiana Méndez. De la ONG Sol Naciente, le habló con voz de profesora, y lanzó nombres de una tonelada de ONG, de la Cooperación Europea, de Arturo Polanía, de los Desvinculados del Conflicto y de siglas y siglas que yo nunca había oído. Mi amigo es español, vino de España a hablar con la doctora. ¿Español?, preguntó la bruja y me examinó de arriba abajo como si estuviera mirando el dedo de Hansel en la jaula. Viri me hizo un gesto como diciendo «abre la boca», pero yo me había paralizado y no me salía ninguna voz, y la bruja gruñó, vuelvan mañana en el horario de atención al público. Y ustedes, para adentro: no sean chismosos, siguió gruñéndoles a los niños que se asomaban por la reja.

Señora, verá usted. Es que he venido de España a hablar con la doctora. Si usted me dice a qué hora estará libre, podemos esperar en la calle. No queremos molestar, se me salió una voz de diplomático español, y vi que Viridiana volvía a mirarme con cara de aterrada. Esperen un momento, cambió de tono la mujer. ¡Qué les dije, niños!, ¡para adentro! Es que tengo que dar almuerzos y se me enloquecen estos muchachitos, se disculpó. ¿Usted es el de España? Si no fuera por el acento, habría jurado que era de por aquí. Es que hay que desconfiar: ¿se imaginan el problema si se me roban uno de estos muchachitos? Espérense y traigo las llaves.

6

—Mamá, tengo que hablar contigo. ¿Me invitas a comer el domingo?

—Eso sí que es un milagro. ¿Qué necesitas? ¿Estás bien?

—Nada, mamá. Solo quiero pasar por casa y verte.

—Mari Carmen no está. Ha pedido permiso toda la semana porque su hija se ha enfermado. Y yo aquí, *com-ple-ta-men-te* sola…

Estuvo a punto de dejarlo, con ese comienzo telefónico, pero se acordó de la frase que la había inspirado en el taller de roles: estoy jugándome a mi hija, y se las arregló para manejar sus instintos agresivos.

—Mejor invito yo. Paso a buscarte al mediodía y preparamos algo en casa.

—Ay, hija, pero qué vas tú a cocinar —lo cual significaba no sabes cocinar, según el diccionario madre/hija, pacientemente construido en tantos años—. Y estás tan ocupada —remató, con esa ambivalencia léxica materna tan típica de ella.

—Pues compro algo listo. ¿Qué te parece una pasta?

—Cualquier cosa me da igual. ¿Sabes que he perdido el apetito? Pero la comida congelada es poco saludable.

—Es pasta fresca, no congelada —le contestó a la defensiva—. Nada, que paso a buscarte el domingo a las catorce.

—Vale, cariño. Pero no llegues tarde.

No había empezado bien la conversación, o tal vez sí. Lo raro habría sido que comenzara diferente, pero era viernes por la tarde y agradeció tener tanto trabajo en casa para dejar de preocuparse. Entre la limpieza general y los recuerdos, pasó el resto de la tarde buscando en los armarios rastros de Sergio que pudieran delatarla. Primero se deshizo de sus botas y recogió la caña de pescar, el agua de Colonia y un champú que ella le había regalado para evitar la calvicie, y bajó a la calle como si en vez de cosas viejas llevara entre esas cajas un cadáver. Después se preparó una ensalada para tomar fuerzas y revisó el archivador del estudio, examinando cada carpeta en busca de inconsistencias, como si fuera una trabajadora social que allanara su casa. No había nada distinto de papeles de trabajo: un socio antiguo que ha vendido su parte, dijo en voz alta, como si simulara un interrogatorio judicial. Aquí está el acta de legalización de las acciones: yo he comprado la Editorial Independiente Lapislázuli y consta también el dinero pagado al antiguo socio, siguió diciendo, con una voz impersonal que obviaba el dolor de aquella noche en la que él le entregó su carta de renuncia. Destapó una botella de vino, y en la segunda copa se atrevió a abrir la carpeta rotulada como «Personal». Se deshizo de algunas fotos del lanzamiento de la primera colección de Lapislázuli en El Retiro y de las de aquella fiesta, cuando «ocurrió lo que tenía que ocurrir», como decía Fermín, y rompió otras fotos del Congreso de Sevilla, cuando Sergio aceptó que hicieran niños, aunque esa imagen no había quedado registrada más que en su memoria, y el vino o los recuerdos, o las dos cosas a la vez, la hicieron moverse de una orilla a otra: euforia y depresión —¿sufre de trastorno bipolar?, volvió a pensar en el formulario de adopción—, y no supo si se había puesto mal pensando en la relación de toda la vida con su madre o en los dos hombres que la habían querido como nadie: su padre y Sergio.

Y recordó el dolor de haber perdido, primero al uno y luego al otro, y revivió, con un llanto quedo, sentada en el piso y en pijama, aquellos días terribles en el lecho de muerte de su padre: su mano agarrándolo para que no la dejara sola en este mundo y sus palabras que decían exactamente lo contrario: ya puedes descansar, papá, cierra los ojos, que voy a estar bien. Y se acordó del frío que salía de esa mano huesuda de la que tantas veces se había aferrado siendo niña y de aquellos hombres que irrumpieron en su casa y la sacaron del cuarto y lo empacaron, como si fuera una basura, y de sus ojos mirándolo salir, y de su prima conteniéndola entre sus pechos gigantes de madona embarazada. Y siguió llorando, ahora con sollozos, como si se desocupara de tantos dolores postergados, y rescató, de entre los papeles que rompía y echaba en esa bolsa negra, una foto de ella con su padre. Una foto de domingo: los dos acariciando el lomo de un caballo, y ya no quedaba más vino en la botella y se había fumado dos cajas de Fortuna. Un signo de alcoholismo es beber sola, se dijo, y volvió a prometer que dejaría de beber y de fumar, ahora por su niña, y recordó que había mentido en todos aquellos formularios. ¿Fuma? No. ¿Bebe: bastante, ocasionalmente, nunca? Había escrito nunca —estoy jugándome a mi hija—, y justo cuando iba a guardar en el archivador lo poco que quedaba en la carpeta «Personal», saltó la fórmula médica con los calmantes que Sergio compró en el hospital aquella madrugada, después de haber perdido a su bebé. En ese mismo lugar donde Sergio había llorado tomado de su mano aquella noche, siguió llorando, ahora con un aullido que le salía del fondo de las tripas. Lloró sin controlarse, sin consuelo y sin pensar en los vecinos, como si se estuviera despidiendo de una vida, como si se sintiera incapaz de afrontar lo que venía. ¿Se deprime con frecuencia? —se acordó del formulario—, y volvieron a ella las palabras de la funcionaria: un hijo no es una mercancía, no llena otros vacíos ni cura pérdidas antiguas, y no supo si era apta para continuar con el proceso. ¿Cómo tenía que ser una casa adecuada para recibir a un niño?

Se despertó después de mediodía con signos inconfundibles de resaca. Bebió, del envase de cartón, toda la limonada y se comió un pan viejo, con la mirada fija en las bolsas de basura. Se le había hecho tarde para sacarlas a la calle y recordó la pasta fresca que le había ofrecido a su madre. Tenía que darse prisa porque el domingo no estaba abierto el italiano, pero siguió paralizada, con la cabeza a punto de estallarle, reprochándose la estupidez de haberse tomado todo el vino y haber fumado tanto, y abrió de par en par las ventanas de la casa y la puerta del balcón, a pesar del frío, para librarse del olor a tabaco. En el espejo del baño vio su cara: los ojos irritados, los párpados hinchados, las bolsas de los ojos y las «líneas de expresión», como decían en las revistas de belleza, y tomó conciencia de que se estaba haciendo vieja. Sentía una necesidad imperiosa de meterse en la bañera y de quedarse ahí toda la tarde, sin pensar, pero pensó nada menos que en su madre y decidió salir a hacer la compra. Apretó el paso para evitar el frío y se quedó petrificada frente al mostrador del italiano con las opciones de salsas: ¿al pesto, napolitana, putanesca, carbonara? Su madre, tan inclinada a la cocina tradicional y tan propensa a que todo le sentara fatal, poco ayudaba. Como no tuvo la menor idea de cuál salsa le gustaba, gastó una fortuna en comprar un poco de cada una, y echó también helado de yogur, un pan, un vino tinto y otro blanco, un queso parmesano y unas velas de vainilla, para enmascarar el olor a tabaco. Por libre asociación, pasó por el estanco para aprovisionarse de dos nuevas cajas de Fortuna y echó *El País*, sabiendo que no estaba en condiciones de leer siquiera los titulares de *Babelia*. El aire estaba aún más helado y tomó un taxi de regreso porque las bolsas de la compra le pesaban, especialmente en vísperas de una conversación de madre a hija sobre la posibilidad de adoptar una niña colombiana.

—¿Colombiana? ¿Por qué una niña colombiana? Si es un país tan peligroso… ¿Qué tienen de malo los niños españoles? —le preguntó su madre cuando por fin ella se atrevió a contarle su proyecto. Ya estaban en el café y a la madre, cosa rara, le había gustado la pasta fresca: tanto que había tomado dos raciones: de primero, pasta al pesto, y de segundo, putanesca. Y tres copas de vino, lo cual era excesivo, tratándose de ella.

—Nada, mamá. Nada de malo. Lo que sucede es que en Colombia hay muchos niños que están necesitando una familia.

—La hija de Lola ha adoptado un bebé precioso en Canadá. Y mira que se lo han buscado igual a ellos. He visto fotos y cualquiera creería que es de la familia. Los ojos, bien azules, y la piel de porcelana: blanca, blanquísima. Lola está loca por su nieto: es que es tan guapo, que no parece adoptado sino propio. —Estaba a punto de matarla. Pero pensó en la frase, como un mantra: estoy jugándome a mi hija.

—Mamá: solo te estoy contando lo que he decidido porque tú eres mi madre y eres la primera persona a la que se lo cuento —le mintió—. Pero quiero dejar claro que es una decisión. No te estoy preguntando. Te estoy contando, simplemente. Eres libre de apoyarme… o no apoyarme.

—Belén, dime una cosa: ese chico con el que has vivido… —Ella notó el esfuerzo de su madre en usar un verbo así, «vivido», sin añadirle otras palabras: «Vivido sin casarse».

—¡Sergio!

—Eso, Sergio. ¿Quisisteis tener hijos?

—Sí, mamá, pero no pudo ser.

—Por eso se ha ido, ¿no?

—Preferiría no hablar de eso.

—Trabajas demasiado y no te queda tiempo de buscar una pareja, de construir una relación... seria. Hija, lo tienes todo: salud, trabajo, juventud. Y me da pena verte tan sola.

—No soy joven: cuarenta y uno en marzo. ¿Te acuerdas del bolso tan chulo que me has regalado por mi cumpleaños?

—Si no eres joven, ¿qué puedo decir yo? ¿Me servirías otro vino?

—Por supuesto.

—Había pensado en entregarte algunas cosas de la casa —dijo mirando el vidrio artesanal de las copas mexicanas, con la misma cara escrutadora que solía poner cuando Belén era una adolescente y ella le preguntaba si iba a salir «así, con esa ropa»—. Las copas de cristal, por ejemplo, y la vajilla Vista Alegre. A casa no va nadie. Desde que se ha muerto tu padre, todo guardado, llenándose de polvo. Y yo he pensado que tú, tal vez..., que deberías heredar esas cosas en vida de tu madre.

—Te lo agradezco, mamá. Pero estamos hablando de otra cosa...

—Pues fíjate que no. Estamos hablando de lo que es tuyo. De lo que tu padre habría querido darte. Las copas y la vajilla me las regaló cuando naciste, y siempre bromeaba diciendo que eran parte de la dote para el día de tu boda —le contó, y a Belén le pareció que le temblaba un poco la voz—. Pero si has decidido no casarte...

—No sé si lo he decidido, pero todo parece indicar que no voy a casarme.

—¿Y cuándo traen a la niña?

—No *la traen*. Es un proceso largo y, cuando aprueben mi solicitud de adopción, si todo sale bien, voy a Colombia a recogerla.

—¿A Colombia? ¡Ay, Belén! Esa sí que es una locura. ¡Colombia es un país tan peligroso! Esta semana han dicho en el telediario que un mafioso ha puesto bombas en una ciudad que no es la capital, ¿cómo es que se llama? ¿Por qué no piensas en otro país para adoptar? Le puedo pedir a Lola que te contacte con su hija en Canadá. Además, allí hablan inglés y francés: con lo que te gustan los idiomas...

No supo bien si su madre estaba ebria o si tenía síntomas de demencia y se levantó a recoger las tazas del café para no estar más en esa conversación.

—Te ayudo, hija —pero ella vio que le costaba trabajo levantarse y que la taza le tintineaba entre las manos.

—Déjalo, que lo hago yo —le contestó con brusquedad.

—Parece que he tomado mucho vino. ¿Me prepararías otro café? Mira que ya se ha oscurecido y yo, a estas horas, por la calle.

—No estás en la calle, sino en mi casa. Y yo te llevo ahora.

—Que no, que pido un taxi. Ay, hija. Voy a tejerle un saquito a la niña. Con lo que me gustaba a mí tejer. Espero que no se me haya olvidado. ¿Qué talla será? ¿Recién nacida?

—Pues no lo sé —volvió a mentir. Ya era demasiada información para un solo día—. No tejas nada por ahora. Todavía falta mucho tiempo.

—¿Cuánto?

—No lo sé. Tal vez seis meses. O más.

—Es mucho tiempo, cariño.

—Así nos vamos preparando. Las dos —añadió, y sintió ganas de abrazarla, pero su madre no era muy dada a los abrazos, así que se contuvo.

—Una hija: por fin se te ha solucionado la vida. Ya nunca más vas a estar sola. Pero no trabajes tanto. Y prométeme que vas a pensar, al menos a pensar, Belén, en hablar con la hija de Lola en Canadá.

Hansel y Gretel

Una fila de niños de dos años, o tres o cuatro, no sé calcular bien las edades.

Todos tienen delantal azul y la profesora también está uniformada con bata blanca de enfermera. Estamos en la calle, mirándolos pasar, del otro lado de la reja, y me dan ganas de salir corriendo y de correr y de correr, y de seguir corriendo sin parar, hasta que estemos bien lejos, lo más lejos. Estamos a tiempo, quiero decirle a Viri, pero me da miedo la voz de esa profesora y no me atrevo a hablar.

¿Qué dije de la fila, John?

Y usted, Sofía, ¿cuántas veces tengo que repetir que no se salgan del trencito?

Manitos en los hombros del compañero: el que se salga se queda sin almuerzo, ¿escucharon bien?

A ver, Jaime Andrés, ¿otra vez pegando? ¡Manitos en los hombros!

¿Un chicle?, me dice Viridiana y yo niego con la cabeza porque no tengo voz. No me sale la voz furiosa que le hice a la perra, ni la voz educada, ni la de aquí ni la de España. ¿Estás bien?, pregunta ella, y me imagino que ahora debo tener otra cara que tampoco reconoce, pero me esfuerzo por hablar. Repito su palabra, *bien*, al menos he vuelto a estar monosilábico, y en ese instante aparece de nuevo la bruja: que la doctora Azucena los recibe dentro de cinco minuticos, dice, y saca su manojo de llaves para abrir los tres candados de la reja y yo vuelvo a pensar que todavía estamos a tiempo de correr, pero otra vez no me sale la voz para decirle a Viridiana que mejor no quiero, que ya no quiero saber nada, que nos vamos, que corramos, pero no queda más remedio que obedecer, no hay tiempo de correr.

Y entramos.

Un corredor con puertas de salones a lado y lado, una cocina que huele a un olor que me da hambre con tristeza, y que es como plátano frito, y más adelante, el corredor se vuelve comedor: estrecho y muy oscuro. Unos niños más pequeños, de uno o dos, ¿o tres?, están tomando sopa y yo miro el reloj, ni siquiera son las once. Si desean pueden esperar en esta mesa, dice la bruja, con ese mismo tono que usaba la del cuento antes de encerrar a Hansel en la jaula, cuando era buena todavía. ¿Les provoca un juguito de guayaba? No, gracias, contesta Viridiana. Yo, en cambio, digo que sí: yo le recibo uno, muy amable, y me acuerdo de Belén, que sabe hablar con todos los acentos y que me dijo ayer, cuando nos vimos por Skype, que estaba hablando *completamente colombiano*, pero no parecía feliz diciéndolo, sino todo lo contrario, y miro el jugo y sé que tengo que tomármelo, *todito, toditico*, porque no se bota la comida. ¿Ustedes quiénes son?, pregunta un niño con bigote verde que se ve mayor que todos los demás, como de cuatro o cinco. ¿Ustedes son papás?, insiste. Él se llama Federico y yo me llamo Viridiana, le contesta Viri. Y tú, ¿cómo te llamas?

Dice un nombre compuesto que yo no entiendo porque habla muy rápido y son muchas palabras, sumando nombres y apellidos, pero tampoco estoy para entender, no entiendo nada. ¿Ustedes son papás?, vuelve a decir el niño y Viridiana le cambia el tema: a ver te limpio esa boca, ¿estaba rica la sopa?, ¿de qué era? De pasta, con cosas verdes, contesta, y yo le pregunto si serán judías. Él se ríe y yo le alcanzo a ver la lengua verde. A que son guisantes, digo, y él pregunta que por qué hablo así. ¿Es gringo?, le dice a Viridiana, como si fuera nuestra traductora, y ella le dice que soy de más lejos: de España, pero a él ya no le importa. ¿Van a llevarse un niño?, nos vuelve a preguntar, y no le contestamos porque la bruja dice sigan, que los está esperando la doctora.

Por la oficina y por la ropa se nota que la *doctora Azucena* manda. En vez de bata blanca tiene blusa roja con un escote en el que se desaparece un collar rojo que hace juego con aretes rojos y dorados, y yo miro para otro lado, para que no crea que quiero ver más de la cuenta. Ella sigue hablando por teléfono, nos hace mímica para que nos sentemos frente a su escritorio y nos señala las dos sillas de cuerina negra. Por no mirar el collar entre el escote, me concentro en las sillas y veo los números del escritorio, 443289, y leo la palabra «Inventariado» y el escudo del instituto, que no está verde sino metálico: plateado. Sí, doctor, dice la doctora por teléfono, y se retoca los mechones, y ahora distraigo el miedo mirando la fórmica gastada del escritorio y la forma de enredar los bucles con sus dedos. Ay, no, mi doctorcito, usted sí que exagera, es que ando ocupadita con el informe a la Procuraduría, pero la próxima semana, claro, doctor, almorzamos en el centro porque por estos lados no hay nada decente, sigue hablando, y me parece que ahora sí, que ya llega el momento, y me vuelve a latir más fuerte el corazón, pero no puedo gritar, y ella le dice cosas muy amables a ese doctor en el teléfono, hasta que cuelga por fin, pero se le queda puesta la sonrisa mientras nos pregunta qué nos trae por aquí. Yo me paralizo de nuevo y Viri se da cuenta de que he vuelto a entrar en modo mudo. Mi amigo Federico es español, sale al rescate. Bueno, nacionalizado en España, pero adoptado aquí.

¿Ustedes son los recomendados del embajador?, nos pregunta con un tono que anuncia una nueva transformación. Soy Federico García Müller y he venido a Colombia para averiguar por mis padres biológicos. Al parecer, me dejaron en este hogar, me salen todas las palabras, y ya no sé cómo seguir. No tengo más palabras, y siento que también se me está acabando todo el aire.

El trámite lo tiene que hacer en la oficina central. Políticas internas, hay que seguir los conductos regulares. Nosotros no estamos autorizados a dar ninguna información, nos dice la doctora Azucena, pero ahora es una bruja que está levantando el teléfono, y me parece que quiere pegarnos. Zulma, grita por el teléfono, ¿cuántas veces le tengo que explicar que sólo atiendo con cita previa? No, señora, esos no eran. Los lleva hasta la puerta y les da una tarjeta con la dirección de la oficina en la que se radica la correspondencia. Las pupilas de la doctora brillan mientras Zulma, la otra bruja, nos empuja hacia la puerta. Del horno… o de la calle.

7

La casa olía a extracto de vainilla y cada cosa estaba en su lugar el martes a las diez en punto, cuando llegó la funcionaria de adopciones para hacer la visita domiciliaria: la foto de ella con su padre, en la mesita del vestíbulo, acompañaba la otra foto con marco de plata de su madre; la tele había sido empotrada en un mueble nuevo, perfectamente asegurada, y el cuarto del bebé tenía un sofá cama donde se notaba que nunca había dormido nadie. La mujer no prestó ninguna atención a los detalles: no vio las flores ni revisó los barrotes del balcón, porque era una mañana helada, y ni siquiera abrió esa puerta; tampoco recibió una taza de café recién hecho que humeaba en la cocina ni aceptó una infusión o un vaso de agua. Con la frialdad de quien se ciñe a un protocolo, sacó del maletín un formulario y se sentó en la mesa del comedor para llenar los datos de rutina: nombre de los aspirantes, dirección, teléfono, oficio o profesión del padre y de la madre —pese a que la funcionaria sabía que Belén era madre soltera—, ingresos mensuales, nombres y domicilios de los familiares cercanos de contacto, referencias personales y laborales, dos nombres de vecinos que la conozcan hace dos años como mínimo y otros datos que Belén se había cansado de contestar en pruebas anteriores: si es madre trabajadora, explique quién le ayudará a cuidarlo.

Después siguieron otras preguntas sobre el tipo de vivienda, propia o alquilada, tiempo que lleva viviendo en el lugar, tamaño del inmueble, número de habitaciones y de personas que lo habitan, y cuando terminó con lo que ella

106

llamó información general, le preguntó a Belén si podía revisar la casa. Dio una mirada panorámica a la cocina, verificó que hubiera lavadora de ropa y apuntó también que había lavavajillas, vio el baño principal y escribió bañera y pidió que le mostrara el televisor para copiar la marca y el modelo. Es todo, dijo, y a las diez y treinta, sin abrir ningún armario, se despidió de Belén. Ella la acompañó a tomar el ascensor y solo se atrevió a preguntar cuándo tendría el concepto.

—Nos dan un mes para entregarlo, pero yo creo que en dos semanas recibirá usted noticias —le contestó sin ninguna expresión que anticipara su dictamen, y Belén se quedó mirando los números luminosos de los pisos en el tablero del ascensor, cuando la puerta se cerró.

—No ha dicho una palabra —le contó a Ángels por teléfono—. Tal vez me ha descalificado desde que abrí la puerta y por eso ha tardado menos de media hora.

—¿Pero qué dices, Belén? ¿Por qué tienes que ser tan pesimista?

—¿Tú crees que va a llamarte para verificar la información?

—En cuanto llame, serás la primera en saberlo. Y le diré que no tienes idea de cuidar a una criatura. Que explotas a los niños y además les vendes libros. Más bien, adviértele a tu madre que no vaya a soltar ninguna de sus ideas sobre los orfanatos canadienses.

Papeles viejos para un viaje

Ahora había que recorrer las calles al revés, de negativo a positivo, en otra buseta más *destartalada*, pero ya no tenía mariposas en el estómago. Viridiana me volvió a ofrecer la ventanilla y la acepté, para no dar explicaciones, pero ya no quería saber nada de rejas ni de Bobotá: por mí que colapsara. Pensé que menos mal no había traído el legajador con los papeles de Belén para mostrárselo a esas brujas, que ella tenía razón cuando decía que Bogotá me iba a decepcionar y que Arturo también tenía razón cuando insistía en que no iba a encontrar a nadie que conociera a alguien que conociera a alguien... Eso sí se lo dije a Viri para darle alguna vez la razón a Arturo y ella me contestó que él siempre tenía razón, que él era experto en *estos casos*, y se le iluminó la cara. Me morí de celos, y pensé en las frases que les estaba aprendiendo a los pelaos, eso le pasa por bocón, por dar papaya, hermano, y ya iba a engancharme de nuevo en esto de ir de caso aparte, en modo víctima, pero ella dijo que una cosa era lo que Arturo pensara y otra lo que yo necesitara. La peor diligencia es la que no se hace, añadió, y me quedé mirándola, primero porque no entendí su frase, y segundo, por mirarla. O mejor al revés, primero por mirarla y segundo porque no entendí su frase, y tercero y cuarto y quinto, por mirarla. Dijo que así decía su abuela y que significaba que era mejor hacer todas las vueltas, todas las diligencias: nunca se sabe; si te hace sentir mejor buscar, pues busca, a eso viniste, ¿o no? Yo le iba a decir que no, que había venido a la pasantía o, en realidad, que había venido a estar con ella, pero no era verdad, o un poco sí y un poco no: ya no sabía qué era verdad. Me preguntó si quería que comiéramos algo antes del ensayo en el teatro y debió pensar, cómo sería mi cara, que estaba muy cansado porque me dijo, te ves rendido, te ves pálido, ¿estás bien? Ella, que nunca se daba cuenta de nada mío, preguntándome si quería comer algo, en vez de pensar exclusiva y obsesivamente en sus benditas fotos, y se me ocurrió que de pronto en este mundo podía quedar una esperanza. Le dije que tenía que mandar un informe de avance a mi tutor y que me dolía la cabeza, dos mentiras y, además, contradictorias, y ella me dijo que me tomara la tarde libre. Te ves agotado, no es para menos, con tanta adrenalina, volvió a decirme, yo le cuento a Arturo cómo nos fue y cualquier cosa que necesites me llamas. ¿Sabes en cuál calle timbrar?, me preguntó, y yo le contesté que sí con la cabeza y sentí que los ojos me brillaban entre lágrimas. Me dio un beso en la mejilla, como si fuera su hermanito, y timbró para bajarse. Yo me quedé mirándola: mirándola bajar, entre las lágrimas, mirándola alejarse, mirando su vestido y sus movimientos y el viento en el vestido y sus pasos y sus piernas y su forma de caminar, bailando casi, hasta que desapareció por una esquina.

Cuando llegué al hostal, afortunadamente no habían llegado Arturo ni el francés. Le dije a la niña de recepción que ya había almorzado y me encerré en el cuarto. Me dio por buscar, no los papeles del instituto que Belén había archivado en el legajador, sino otros que me había entregado el día del viaje. «Federico García Müller, portafolio de trabajos». ¿Portafolio? Miré su letra y me acordé de tantas veces que ella había marcado mis cuadernos: me vi sentado en esa mesa, ella forrando, y yo encargado solamente de cortar cinta, y ni eso, porque me distraía y cuando ella pedía cinta, casi nunca yo la había cortado, y me acordé de mis cuadernos forrados con un plástico que tenía visos azules y al abrir su portafolio me di cuenta de todo lo que ella había ido guardando, y no para el colegio: para ella. O mejor, para mí, para nosotros, y otra vez sentí los ojos como en el bus con Viri de solo pensar: «Para nosotros», pero esta vez pude llorar. Quería llorar el resto de la tarde. Y de la noche. Quería seguir llorando mañana y pasado mañana y pensé por qué me habría entregado todo eso que no servía de nada, por qué me había puesto a cargar todo esto que no resolvía nada de lo que yo quería saber, de lo que sí importaba, y el llanto ahora era de rabia, por qué me hacía cargar todo eso y volví a mirar esa caja absurda que me había entregado y las obras completas de Federico García Lorca. A quién se le puede ocurrir llevar libros viejos a un viaje, miré las iniciales con la letra del poeta en ese libro que tanto le importaba a Belén, pero decía que era *mi libro*, y vi mis composiciones y mis primeras fotografías, guardadas y pegadas por ella, y me la imaginé abriendo los huecos, archivando, organizando papeles viejos para un viaje y me gustó la frase, pero ahí mismo pensé en ella y en su palabra, cacofónico, y me acordé de la risa que me daba cuando ella repetía un título de un libro y decía eso: es cacofónico. Papeles viejos para un viaje, viejos, viaje. Para mal o para bien, era Belén y era mi madre. Quise llamarla para decirle que había tenido un día difícil. Pero no. No quise preocuparla y además, si le decía, me la ganaba repitiendo lo de siempre.

My favorite things

Federico García Müller. Quinto grado
Bolígrafos sin tinta, tapas de bolígrafos sin bolis, trozos de borrador, un tajalápiz roto, botellas y tapas de botellas, corchos de todo el vino que se ha tomado Belén. Papel de chocolate, casi todo mío, vasos desechables, palos, palitos, palillos, cucharitas, tenedores de las fiestas de cumpleaños y papeles de regalo… Agujas, alfileres, botones y carretes de hilo de la Tata, tornillos recogidos en la calle, las ruedas del bus que se me ha roto, las cajas de juguetes, la caja de cereal, la caja de la nueva cafetera, una caja de lavadora, las tijeras oxidadas, la taza rota que Rosa ha tirado a la basura. Una lata de sardinas: que me voy a hacer daño, dice Belén. Yo forcejeo. Que es peligrosa, que me corto, grita, y yo grito más fuerte. Que no se puede guardar todo, que hay que tirar lo que no sirve.

Cuando ella se va, rescato cosas. Pedazos rotos de las cosas. Cosas. Las escondo en una bolsa negra que me he robado, las guardo en el cajón de la ropa de verano. Todo sirve. No puedo tirar nada.

No puedo. Nada. Y no me voy a lavar las manos.
Y no quiero hablar inglés. No quiero.
Mamá: ¿qué lengua hablaba mi mamá de la barriga?

110

8

Ya estaban comenzando a aparecer trineos en las tiendas cuando llegó el certificado de idoneidad, con una carta en la que le explicaban que todos sus papeles irían a Colombia y que se comunicarían próximamente para informarle sobre la continuación del trámite. Belén intentó averiguar qué significaba «próximamente» en las oficinas de la Comunidad: verá usted, tengo un viaje fuera de España y me gustaría planear también algunos asuntos de trabajo porque soy independiente y debo dejarlo todo arreglado antes de viajar a Colombia y necesito saber si lo del niño será antes o después de Navidades, pero por mucho que trató de hacer las preguntas de una forma y de otra y de poner a prueba a distintos funcionarios, nadie le pudo dar una respuesta. Las noches comenzaron a llegar cada vez más pronto, y cada vez más frías, y ella seguía en ese limbo de la espera: en ese *No lo sé,* que hacía imposible contestar las típicas preguntas de la época, las típicas preguntas de su madre: ¿vendrás a cenar a casa en Nochevieja? ¿Iremos a Andalucía, a casa de tus primas, que nos invitan a pasar el Año Nuevo? Que no lo sé, mamá, le contestó con brusquedad cuando la acompañó de compras navideñas el 1.º de diciembre, siguiendo la tradición materna de todos los años, para evitar tumultos, y su madre se empecinó en pasar por Prenatal y le preguntó si sería mejor comprarle a la nena un vestido de invierno o unas camisitas bordadas, que igual podrían servirle en primavera o en verano. ¿Cuándo nacerá?, les preguntó la vendedora mirando la barriga plana de Belén, y ella sacó a su madre de un tirón y se puso a llorar ahí en la calle, las dos muertas de frío, mirando nieve artificial y vestiditos y abriguitos y trineos, y siguió llorando y echando un humo helado por la boca, mientras su madre la miraba con esa cara de no saber qué hacer: con esa cara, medio de víctima, medio de qué van a decir, las dos ahí paradas, en medio de madres y abuelas con ideas tan claras, cargadas de paquetes con nombres propios y fechas de nacimiento y edades y tallas definidas, hasta que su madre retomó la voz autoritaria de otros tiempos: «Pues allá tú si quieres congelarte, que tengo yo la solución», y la tomó del brazo, como cuando era niña, y entraron de nuevo en esa tienda: una muñeca de trapo y una manta de color rosa con ovejas, que en cualquier estación le servirán.

¿Los dos regalos separados?, preguntó la vendedora haciendo esfuerzos por no mirar los ojos llorosos de Belén. Su madre se tomó un tiempo para elegir los papeles y las cintas y luego pidió dos tarjetas de regalo. «De la abuela», escribió con su letra inconfundible, y la miró, en busca del dato que hacía falta. Paloma, dijo ella. Se llamará Paloma. «Para Paloma», escribió su madre en las tarjetas, y salieron al frío de la calle. Una pastelería sienta bien; invito yo, cariño. Y aunque Belén tenía que regresar a la oficina para adelantar contratos y revisar las pruebas de cinco libros que debían entrar a imprenta antes de Navidad, ¿alcanzaría a estar para los lanzamientos?, se dejó llevar por su madre: ella cargando los regalos de la niña, los regalos de Paloma, y los lagrimones calientes volvieron a rodarle por la cara, mientras pensaba en ese nombre aún sin rostro. ¿Tendría frío? ¿Quién la estaría cuidando? ¿De qué color serían sus ojos? ¿Dónde pasaría las Navidades? ¿Alguien le daría un regalo? Es ese no saber nada, mamá, perdóname. Su madre pidió té y eligió por ella los pasteles. Nunca sabemos nada, hija. Yo tampoco sabía nada de ti y mira que aquí estamos, le dijo. No pienses tanto. Pero llegó la Nochebuena y ella seguía pensando, sin poder pensar en nada más, y se quedó sin ir a Andalucía en Año Nuevo y los Reyes Magos trajeron regalos para los niños españoles y siguió sin saber una sola palabra de su hija, hasta que el 10 de enero recibió una carta del instituto. Decía que el expediente había sido aceptado, que ingresaba al proceso, que por su condición de madre soltera entraría a opción niña y que no podía ser recién nacida por su edad. En la carta estaban el nombre y el teléfono de un abogado colombiano que le habían asignado y ella cerró la puerta de su oficina y marcó temblando ese teléfono.

—Sumercé —le dijo el abogado—, la felicito.

Le habló de trámites, le pidió algunos papeles que faltaban, le contó cuáles eran sus honorarios, le explicó a qué se comprometía, desde este momento del proceso, hasta la entrega del registro civil y el pasaporte de «su hija».

—¿Sabe usted cuánto tiempo puede tardar? —le preguntó Belén con un hilo de voz.

—Pues sumercé linda: en cualquier momento. Tenga paciencia y váyase preparando, que en cualquier momento le voy a tener noticias de su hija.

Su hija, su hija, su hija. Por más que trató de acordarse de otras palabras, cuando colgó siguió oyendo esa voz que hacía reales esas palabras tan genéricas: *su hija*. Por fin era verdad.

Boquitas estereotipadas

Si quiere vaya, nada se pierde, más por paseo, porque si no, no va a creer que no hizo *toro* lo posible, me dijo Arturo, y como en los últimos ensayos de Mambrú no había que hacer fotos de los pelaos, él mismo se encargó de conseguir cita en el instituto. Derecho a un nombre, a una nacionalidad, a la salud y a tener una familia, leía en esos carteles que seguramente algún funcionario había pegado para disimular la falta de pintura en las paredes, y otra vez volví a pensar en nuestras tardes de domingo, cuando hacía de mala gana deberes atrasados y tú mirabas ilustraciones estereotipadas que rechazarías en el comité editorial al otro día. ¿Quién habrá dicho que dibujar sonrisitas es ser ilustrador de libros para niños?, decías en un extremo de la mesa, y yo aprovechaba la oportunidad para levantarme de la silla: por qué *estereotipladas*, yo quiero ver, mamá, pedía, y tú corregías la palabra, y yo repetía feliz el trabalenguas hasta decirlo por pedazos, *estéreo, tipladas,* y tú decías *tipladas* no, *tipadas,* hasta que lo dijera bien, y así podía dejar las sumas inconclusas para mirar caras felices, mejillas de manzana, nubes, estrellitas, avioncitos y todas esas ñoñerías, como tú las llamabas. Ahora, después de tantos años, cuando los deberes del domingo se habían convertido en un recuerdo casi bueno, sentí una especie de tristeza: ¿qué dirías al verme en esta sala de espera, comiéndome las uñas, rodeado de carteles con caritas felices que ilustraban artículos de la Convención de los Derechos de los Niños y de la Constitución Política de Colombia? «Los derechos de los niños prevalecen…», decía otro cartel, y la voz de Viri se atravesó de nuevo: prevalecen en el papel, no olvides que estamos en Colombia. No lo olvides, no creas, no busques más, no insistas, porque vas a perder tu tiempo y te va a doler cada vez más no encontrar nada y yo no sé qué más decirte, me había dicho, como tantas veces me lo habías dicho tú. Y aunque podía ser cierto, volví a sentir ese dolor que yo creía que había dejado de doler, ese dolor que nunca te decía, y había vuelto también el mismo ahogo de los primeros tiempos en Madrid, cuando me daban los ataques de asma y tú combinabas inhaladores con remedios caseros de la Tata. En esta casa no hay un padre; hay familias de familias y algunas están formadas por una madre y un niño, nada más, como la nuestra y la de Pepe y la

114

de Yoon, decías, juntando excepciones a la regla, como si el mal de muchos consolara, mientras una nube salía del vaporizador y llenaba el cuarto con un vaho que volvía borrosos nuestros rasgos, y tú seguías enumerando, a salvo entre esa niebla, otras familias «diferentes de las convencionales» como la de Ángels, Celia y Elsa: en esa familia son solo tres mujeres y has visto lo bien que se lo pasan, pero yo seguía insistiendo.

¿Verdad que mi padre está muerto?, te pregunté, creo que por última vez delante de mis primos y delante de la Tata, el día que me inventaste de cumpleaños, y repetiste la misma frase: «Tú has tenido un padre y una madre, pero no sabemos dónde están y nunca lo sabremos». La Tata miró para otro lado y tú te dedicaste a encender las velas del cumpleaños. En la foto, estoy frente a una torta con ocho velitas. Mis primos cantan el cumpleaños feliz y, aunque las caras no revelan nada distinto de una foto familiar, una de tantas fotos de cumpleaños, con las boquitas redondas y *estereotipadas*, ellos cantando y yo soplando, se me atravesó esa imagen y recordé también la última noche en Madrid, mientras cerrabas a rojilla y volvías a rogarme que cancelara el viaje a Bogotá. ¿Acaso no te basta con saber que soy tu madre y que te he querido desde antes, desde que supe que existías?

Porque no me bastaba había llegado a este país y a esta oficina, y habían pasado más de veinte años y aquí seguía esperando. La cita era a las tres y eran casi las cinco cuando por fin la secretaria dijo que la trabajadora social me esperaba en la segunda puerta a la derecha del pasillo. Doctora Amparo: el joven ya va para allá, oí que le anunciaban, y otra vez tuve el impulso de salir corriendo hacia la calle; tomar un taxi y llegar al aeropuerto y suplicar que me repatriaran a mi casa, sin recoger siquiera las maletas, sin despedirme de Viridiana. Ella podría entender, ella también me había repetido tus palabras: no vas a encontrar nada, ella y Arturo y tú, todos confabulados, pero ya

estaba ahí frente a otro escritorio y una doctora, porque
ya había aprendido que así se llamaban todas las funcionarias, me estaba diciendo la frase típica: a la orden, ¿en
qué puedo ayudarle?

9

Consumir antes del 15 de marzo, salía en la mayonesa, ¿dónde estaría el 15 de marzo? Dejó que el teléfono siguiera sonando porque estaba muerta de hambre y no tenía ánimo de hablar con nadie. Otra semana más se había acabado: otra semana mirando el buzón al levantarse, al salir, al regresar y nada, y ahora volvía a sentir la angustia de domingo que comenzaba desde el viernes a esa hora, cuando se cerraban las oficinas y ya no había trabajo. Que no estoy, gritó, mientras cortaba una rebanada de queso y descubría un tomate viejo, y el teléfono se calló, como si hubiera obedecido, pero volvió a timbrar. ¿Le habrá sucedido algo a mi madre?, pensó culpable y contestó casi blandiendo el cuchillo.

—Sumercé linda. ¿Está sentada?

—¿Por qué me llama a esta hora? ¿Algún problema?

—Aquí son las tres de la tarde. ¿Está sentada?

—¿La niña? ¿Ha sabido algo de la niña?

—Pues sí… y no.

—¿Qué dice? No le entiendo.

—Que le tengo noticias de su… niño.

—¿Mi niña? — corrigió Belén.

—No, sumercé. Aquí tengo la carta. Es niño.

—…

—¿Aló? ¿Me oye?

—No puede ser…

—Un niño de cinco años… Se llama Freddy.

—No puede ser. Es un error.

—Tengo la carta del instituto. Un varoncito.

117

—¿Qué voy a hacer yo con un niño? ¡Un niño de cinco años! ¿Están locos? ¿No les ha dicho que se han equivocado?

—La estoy llamando para notificarle la decisión del instituto. La carta ya se fue por correo certificado y le va a llegar la próxima semana, pero pensé que le gustaría enterarse hoy mismo. Ya le asignaron el menor.

—¡Un niño hecho y derecho! Pues devuelva el expediente ahora mismo. Y diga que me han estafado. Me han hecho trampa.

—Déjeme hablar… Entiendo que reaccione así, pero, si le puedo dar un consejo…

—No quiero consejos. Usted me ha estafado.

—Señora, le estoy notificando la decisión del instituto…

—Es una decisión equivocada. Hay que devolver el expediente.

—Yo no puedo devolver nada.

—Entonces, lo devuelvo yo.

—Usted decide: es su derecho. Pero quiero aclararle que esto no es un juego. No es como devolver una alfombra o un electrodoméstico.

—Pues no lo acepto. Me han engañado.

—Déjeme explicarle: si devuelve el expediente, puede aducirse falta de interés en el proceso y entonces hay que volver a comenzar…

—Pues vuelvo a empezar. Pero en otro país porque su país no es serio y ofrece cosas que no puede cumplir.

—¿Cosas, señora? ¿Escuché bien? ¿Cosas?

—…

—Mire, yo le propongo que se tranquilice y lo piense este fin de semana. Que lo consulte con la almohada. Que hable con sus familiares. Tenemos unos días, mientras le llega la notificación.

—No tengo nada que pensar, ya se lo he dicho.

—Sumercecita linda. Tengo que colgar… ¿Está llorando? Mejor piénselo bien y me llama la próxima semana, cuando le llegue la carta. O yo la llamo, pero no vaya a hacer locuras, ¿bueno?

—Una tragedia —le dijo a Ángels cuando llegó a su casa.

—Pero Belén, ¿qué haces aquí? ¿Has venido andando? Con este clima...

—Perdóname. Llegar así, sin avisar. ¡Una tragedia!

—¿Tu madre? ¿Le ha pasado algo a tu madre? —Ella negó con la cabeza—. ¿Has tenido noticias de Colombia? ¿Noticias de la niña? Dime, Belén. A ver, intenta respirar. ¿Te han rechazado?

—Peor que eso... Me han asignado... un niño.

—¿Un niño? ¿Y cuál es la tragedia?

—Que es niño.

—¡Si los niños son geniales! Mira, en vez de una niñita a la que le tienes que hacer coletas todos los días... ¡vas a tener un niño! Cariño, eso sí que no nos lo esperábamos...

—¡Un niño de cinco años! No quiero. No puedo. No voy a tenerlo, ¿entiendes? Ya se lo he dicho al abogado.

—Vamos a ver: ¿no quieres, o no puedes? Si no quieres, pues dices que no y asunto concluido. Te pueden dar otra oportunidad.

—El abogado me ha dicho que eso significaría falta de interés en el proceso —le contestó, mientras Ángels le servía un ron.

—Es ron colombiano. Ya verás lo bien que sienta en un momento así.

—No me hables de Colombia. No quiero saber nada de Colombia.

—Ay, Belén. Me vas a hacer llorar. Estoy emocionada. Y tú también. Es eso. Son las emociones. ¿Te ha dicho algo del niño?

—No quiero saber. No me interesan los detalles. No me van a convencer.

—¿Quién quiere convencerte? Si es una decisión que nadie más puede tomar por ti. Eso es lo único claro,

Belén. Nadie te va a obligar. ¿Has cenado? Hay salchichas y ensalada.

—No tengo hambre. Me han engañado —volvió a llorar—. ¡No quiero al niño!

—¿Estás segura?

—…

—Venga, a tu salud. Cuando vayas a Colombia, si vas, voy a encargarte ron. Ay, Belén: perdóname, pero es una noticia maravillosa.

—Que ya te he dicho que no iré… Tenía una muñeca y una manta rosa de ovejas —sollozó, mientras Ángels intentaba consolarla.

—¿Y quién te ha dicho a ti que los niños no juegan con muñecas? Me sorprende que seas precisamente tú la que salga ahora con estereotipos sexistas.

—¡Qué puedo hacer yo con un niño de cinco años!

—Pues le compras un balón de fútbol —intentó hacerle una broma—. Los niños son fenomenales, Belén.

—Me han engañado.

—Belén, escúchame: vas a comer salchichas y un poco de ensalada, te vas a serenar y mañana tendrás más claras las ideas.

—¿Me das otro ron?

—Solo cuando pruebes un bocado. Venga, come, por el niño. ¿Te han dicho cómo se llama, al menos?

—Freddy.

—Pues eso, por Freddy —dijo Ángels y le sirvió más ron.

—¿Qué hago? ¿Qué harías tú?

—Nada, mujer. No creo que puedas hacer nada a esta hora. Ya son casi las dos y Celia se despierta antes de las siete. Te quedas en su cama y yo duermo con ella. Ayúdame a pasarla, ¿vale?

Mientras Ángels se fue a preparar la cama grande, Belén tomó a Celia con un cuidado extremo, casi en cámara lenta, para que no se fuera a despertar. Puso la cabecita caliente y húmeda sobre su pecho y atravesó el corredor con pasos lentos, oliéndola, sintiendo su respiración. La deslizó desde sus brazos hasta la cama grande y se quedó inmóvil unos segundos más, para facilitar la transición. Celia se acomodó en la cama de Ángels con un gruñidito de placer y ella fue sacando su brazo lentamente. Paloma, pensó, pensando en Freddy. ¿Dónde estaría? Intentó hacer cálculos: ¿cuántas horas menos eran en Colombia? Celia tenía tres años: dos menos que *ese* niño.

Mi caso

La doctora me pidió que resumiera la historia y yo le hablé de mi derecho a averiguar por mis padres biológicos, sin excederme en los detalles para no perder tiempo, mientras ella miraba su reloj como si examinara cuántos minutos y segundos le quedaban. Por ayudar, por ahorrar tiempo, le entregué el expediente abierto en la página de la declaratoria de abandono, pero ella lo cerró como dando a entender que conocía el protocolo y que no iba a ser yo quien le dijera cómo mirar un expediente de rutina. Así pasaron más de cinco minutos en silencio, ella hojeando página por página, sin que se le moviera un músculo de la cara, y yo recordando una de las primeras lecciones de Belén, cuando me prohibió mojarme los dedos en saliva para pasar las páginas del cuento. Intenté entretenerme comparando el rojo de las uñas con el de su pintalabios e imaginando las huellas de saliva con carmín que quedarían de ahora en adelante en mi expediente, hasta que ella cerró la carpeta y se levantó del escritorio para abrir su archivador y entregarme un formulario.

No creo que logre averiguar mucho más de lo que sabe. Sin registro civil no es fácil, pero puede diligenciar el formulario, autenticarlo en una notaría y llevarlo al consulado de España para que le coloquen un sellito. Después, con toda la documentación, lo radica en la oficina regional y espera la notificación para que le asignen un turnito.

¿Y cuánto se demora el trámite, doctora?, pregunté en perfecto bogotano, mientras veía a la funcionaria echarle llave al cajón del escritorio y colgarse la cartera, con un gesto de terminar su jornada laboral. *Porái* un mes, depende, me contestó de pie, como invitándome también a levantarme de su silla, pero yo no podía moverme de ahí.

Depende de cuántos expedientes haya por delante, añadió para dar por terminada la entrevista. Al menos, en su caso, la documentación está completa y eso ayuda a que no se lo devuelvan porque le falte algún papel.

Es que yo no vivo en Colombia. No puedo esperar tanto tiempo. No sé cuánto es *porái*, le dije, y me arrepentí inmediatamente de la frase, pensando si había sido irrespetuoso, pero ella no pareció inmutarse ni entender. En ese caso, puede autenticar otra carta en el consulado de España, para solicitar que le manden la respuesta a su país. Original y copia. Me da pena, pero me tengo que ir y tengo que echarle llave a la oficina. Ya voy, gordita, le dijo a una funcionaria embarazada que estaba en el pasillo, con la cartera colgada, haciendo sonar un manojo de llaves.

Bajé despacio por las escaleras, entre funcionarios que hacían chistes y hablaban de los buses que iban repletos a esta hora, de las tareas de sus hijos, de leche, cereal y cartulina que tenían que comprar, de la reestructuración que iban a hacer en el Gobierno, de la licencia de maternidad, de la dieta de la piña y de otras cosas, nada que ver con esta mezcla de ira y de dolor que me hacía difícil respirar. Volví a tener conciencia del ahogo y paré a tomar aire entre el segundo piso y el primero, frente a una cartelera institucional con una nota amarillenta del periódico. «Niños y niñas del instituto viajaron a Canadá para pasar una temporada con familias interesadas en procesos de adopción —decía la noticia—. El objetivo del proyecto es enamorar a los extranjeros de nuestros niños y niñas, y si los menores no son adoptados, al menos tendrán la

122

oportunidad de conocer la nieve y de tener una familia durante el viaje».

Al lado vi una foto que me recordó las de mis excursiones escolares de febrero en el colegio: treinta niños, de pie, de rodillas y sentados, en el aeropuerto, antes del viaje. Podrían tener cinco, seis o siete años *porãi*: una edad, yo lo sabía, en la que se iba perdiendo la esperanza de encontrar una familia, y reconocí, en las caritas sonrientes de la foto, esa misma sonrisa mía, tan forzada: adóptenme, por favor. ¿Cómo sería el regreso si no los adoptaban? ¿O si se iban treinta y volvían diez que las familias de acogida rechazaban? ¿Cómo serían las caras de la foto de regreso? Aunque sabía que llorar podía empeorar los síntomas del asma, eso decía Belén, me desahogué llorando en el rellano, delante de esos ojos que pedían una oportunidad: adóptenme, sáquenme de aquí, yo quiero tener unos papitos y voy a portarme bien, hasta que un vigilante se acercó para decirme que estaban cerrando la reja y que si no salía inmediatamente, iba a llamar a seguridad.

Afuera estaba oscuro y el aire dolía más. Una mujer en una carpa improvisada tenía un cartel que decía *Debuelbanme a mi niño*. Tres vigilantes la rodeaban y ella gritaba que de ahí no se iba a mover hasta que el instituto le devolviera al hijo. Yo puedo ser muy pobre, pero soy la mamá y no dejo que me quiten a mi hijo.

¿Usted conoce a la señora? ¿Usted es familiar?, me preguntó uno de los vigilantes cuando me acerqué a la carpa, pero no me salió voz y no pude contestarle. Y mientras la mujer seguía gritando que no se iba hasta que alguien le explicara por qué le habían «arrancado al niño», volví a acordarme de otra voz mía, muy aguda, haciendo la vieja pregunta:

Mamá, ¿cómo se llamaba la mamá de la barriga?

10

Ángels la llevó a la habitación de sus hijas, le señaló la cama de Celia y le hizo un gesto maternal de buenas noches, como si fuera una niña asustada: la más asustada de las niñas. Le pareció que Elsa decía algo en sueños en la cama de al lado. Cuatro años. Uno menos que Freddy, pensó, pensando en Paloma. Paloma iba a llamarse: nunca más. La luz del corredor iluminó un pie de Elsa fuera de la manta, un pie moreno y regordete, casi de bebé, que daban ganas de besar, morder, acariciar. ¿Habrás conocido a Freddy en tu país, Elsita?, pensó, viendo esa cara, y se levantó para taparla. La niña se movió sobresaltada y ella puso la mano sobre la manta hasta que Elsa recuperó la placidez. Volvió a la cama estrecha que olía a Celia y estuvo muchas horas con los ojos abiertos, sintiendo cómo respiraba la casa entera al ritmo de esas dos niñas durmientes, y se preguntó si ella podría, si alguna vez podría, o si era mejor asumir que no, que otra vez no, que era incapaz de criar un niño de cinco años. No más, basta de esfuerzos: se sintió tranquila con su frase, no más, no puedo más. Punto final. Una opción es tener hijos y otra opción es no tenerlos y ya está. Pero la máquina de su cabeza no paraba y las ideas y los latidos seguían peleando, bullendo, resistiendo. Habría podido preguntar cómo era Freddy, ¡qué locura adoptar a un niño de cinco años, un niño hecho y derecho! Y descubrió, de pronto, que ese era el problema: que Freddy ya existía. ¿Lo adoptaría otra familia? Se revolvió en la cama, y le pareció extraño sentir celos de otra familia que le arrancaba a un niño con ese nombre, Freddy.

Una sirena de ambulancia sonó lejos y se acordó de Sergio y del bebé: los dos, los tres aún, viajando en ambulancia aquella noche. Elsa volvió a decir algo en sueños y ella sintió ganas de pasarse a su cama y volvió a imaginar la cara de ese niño, Freddy, ¿quién te ha llamado así?, mientras seguía dando vueltas en esa camita estrecha, dándole vueltas a lo mismo. La única del barrio, la única en Madrid, la única en el mundo sin dormir. Mejor mañana con cabeza fría, pensó, pero volvió a pensar qué horas serían en Colombia y a preguntarse si Freddy dormiría. «Una cosa es querer con la cabeza», se le vino a la mente esa frase, ¿era de Yerma?, y pensó en todo el tiempo que había dedicado a defender la opción de no tener hijos, la opción de ser Belén y nada más, sin nadie más, la disyuntiva clásica entre familia y trabajo, y se acordó de Sergio: cómo se habían movido los puntos, y retomó los planes de otros tiempos. Quizás no estaba hecha como Ángels para pasarse la vida recogiendo juguetes y resolviendo asuntos prácticos, quizás podría alquilar su piso y tomarse un año sabático viajando por el mundo y hasta podría vender Lapislázuli, ahora que estaba de nuevo en un buen momento. La idea de hacer un doctorado en traducción la reconcilió con esa otra Belén que había liderado luchas para defender la opción de las mujeres a decidir sobre su cuerpo y pensó que podría ser mejor concentrarse en su carrera: concentrarse en asuntos que sí dependían de sus capacidades. ¿Por qué seguir forzando una vida que no iba con su estilo? Dejarlo y ya: no era una mala solución, pero se sorprendió volviendo a inventarle cara a un nombre: ¿Freddy con doble *d*, como en inglés?, ¿con *y* o con *i*? Los rayos de luz ya se colaban por la persiana del cuarto de las niñas y vio las sábanas de dálmatas y el anaquel con algunos libros que ella había editado y el cuerpo de Elsa que hacía equilibrio en una esquina de la cama.

Se levantó para reacomodarla y no aguantó la tentación de darle un beso. La niña abrió los ojos. «Duerme, duerme —susurró—, aquí estoy, no pasa nada», y se quedó sentada en el piso, con la mano de Elsa que se había aferrado a la suya y que la atenazaba como una tirana cada vez que ella intentaba liberarse, así que no tuvo más remedio que quedarse sentada ahí, muerta de frío, mientras se le dormía la mano en esa posición que contrariaba la ley de la gravedad. Con la mano libre tomó una manta de la otra cama y se cubrió con ella como pudo, y en esa postura logró dormir unos instantes o unas horas, no supo bien, hasta que despertó con una mano sobre la cara: una mano pequeñita que intentaba abrirle los ojos, y vio a dos niñas que la conminaban a jugar, como si fuera natural estar ahí, jugando un sábado a las siete de la mañana, jugando sin pensar, y se preguntó a qué jugaría Freddy en su país, ¿jugaba, jugaría?, y calculó las horas que separaban las dos casas, los dos mundos, pero las niñas insistían, «juga, juga», y Elsa le trajo unas tacitas de muñecas y le ofreció una sopa de limón y ya no pudo ocuparse de nada diferente de alimentar a las muñecas. Tantas muñecas a la vez encima de su cama y había que darles de comer a todas, pensó, mientras echaba azúcar de mentiras en tazas diminutas.

—¿Qué tiene que decir la carta de aceptación? —le preguntó al abogado por teléfono, cuando se terminó ese fin de semana interminable y comenzaba el lunes de Colombia.

—Tiene que decir: yo, Belén, de tal y cual, con documento de identificación tal y cual, acepto la asignación del niño Freddy. Con eso es más que suficiente.

Mujer viajando en zorra

El taxi se movía en zigzag por todos los carriles y frenaba encima de otros carros. No se me asuste, téngaseme duro que faltan diez minutos para que comience el contraflujo y hay que apurarle a ver si llegamos al cruce, gritó el taxista, entre una especie de rock o rap criollo: una mezcla cristiana o evangélica de ritmos que abría las calles a su paso y que llenaba de sentido esa carrera, tal vez hacia la muerte, pensé en modo tragedia, y luego me retracté de pensamiento, si es que se puede decir así, porque estaba exagerando y obvio que no me iba a matar precisamente hoy, cuando iba a hacer las fotos del preestreno y los pelaos estaban esperándome, con sus disfraces puestos, y mañana ya se podía visitar a Luz en el hospital, y no era yo el que estaba enfermo y había otra gente en el mundo con problemas, como decías tú cuando me daba por quejarme. *Eres todopoderoso, eres fuerte y grandioso… invencible eres tú y no hay nadie como túúúú,* le cantaba el radio a Jesucristo, mientras el taxi enano, como un barco amarillo en una tempestad, esquivaba semáforos, peatones que se tiraban en cualquier parte de la vía, motos que se metían por la derecha, escoltas, camionetas blindadas y toneladas de carros.

Después de una carrera loca llegamos a una esquina y nos quedamos inmóviles. Usted sí parece más nervioso que un extranjero; tranquilo, que apenas suelten los carros llegamos como un tiro a La Candelaria. Suelten, había dicho, y me acordé de tus historias: las calles de Bogotá cambian según las horas, según hacia dónde vaya la gente. Y como a las cinco de la tarde hay hordas que van del centro a los hogares dormitorio, la Séptima cambia de sentido. Han decidido resolver el caos con más caos y todos los días mueren peatones. Que no bromeo, hijo: recuerda mirar a los dos lados de la calle; ya lo verás en cuanto estés allí, tú no te acuerdas, cómo vas a acordarte, me repetías varias veces al día, en esos días antes del viaje.

Me concentré en el estribillo cristiano y me pareció que estaba montado sobre la melodía de Pink Floyd. *Oh Señor, oh Señor, mi Señor Jesús,* traté de sobreponer al himno la canción que ponías a todo volumen cuando íbamos a la casa de verano de los Müller y volví a verte cantar por el retrovisor, *How I wish, how I wish you were here.* Fue la

127

primera vez que me pareció que eras otra distinta, además de ser mi madre, con emociones distintas, anteriores, *same old fears, year after year*, traté de cantarme la canción, sin Jesucristo, y recordé tu cara de esos días, cuando me leías y a mí me daba igual el cuento, porque yo solo te miraba leer y te miraba cantar, y era yo el que te leía, tratando de descifrar todo lo que pensabas, todo lo de mí que te gustaba, todo lo que podía decir tu cara, malo o bueno, sobre el mundo y sobre mí, especialmente sobre mí: eso era lo que más quería saber *especialmente*, porque si me portaba mal podían devolverme a Bobotá, y yo no quería volver, o a veces sí, pero otras veces no, casi siempre no quería volver a Bobotá. ¡Mire por dónde anda!, gritó el taxista y frenó casi encima de un caballo. No pagan impuestos, no tienen direccionales, por eso estamos como estamos.

Entonces vi por la ventanilla a la mujer que manejaba una *zorra*, no sé si viste esos carros tirados por caballos, y vi que le estaba apretando las riendas a un caballo flaco, y le vi los huesos de las costillas, al caballo, y le miré el pelo a la mujer y vi que tenía unos mechones amarillos del color de tus mechones, mezclados con muchos mechones blancos; esa mujer con una cara que podía ser bonita, con un pelo que habría podido ser bonito, rodeada de niños y de bolsas de basura: solo algo tan simple como nacer, tú en el Volkswagen dorado cantando a coro con Pink Floyd, y esta mujer haciendo fuerza, tirando de esas riendas, «más bruta que una mula», gritó el taxista por la ventanilla, y ella gesticuló un insulto y vi que le faltaban los dientes de arriba, como a una niña de seis años. Creen que la Séptima es un camino de herradura y que es de ellos, dijo el taxista, mientras en la radio se había acabado el rock evangélico y ahora sonaba la voz hipnótica de un predicador, y me saltó un dolor del fondo de las tripas, y todo me dio lástima: yo, tú, la mujer, los niños, el caballo…

Saqué el expediente que había echado en la mochila porque Arturo me había dicho que lo llevara al preestreno, que iban unos referentes, y yo le dije que nunca había oído esa palabra, referentes. Mejor ni pregunte, dijo Arturo, bajos fondos, lo único que puede funcionar en su caso es hacer *vueltas* distintas, extraoficiales; mejor dicho, lleve el expediente, hermano. Ahora sí, paciencia, dijo el taxista. Aquí nos figuró quedarnos quietos. En estas cuadras nos echamos mínimo media hora, y no hay atajos. Alcanza a echarse una siesta o a estudiarse ese cartapacio. ¿Tiene examen?

El portero del hogar, Yeison Flórez, reporta que hizo el turno comprendido entre las 7 p.m. y las 6 a.m. y que no observó nada anormal. Abrí ese expediente que había leído tantas veces, que casi me sabía de memoria, y le contesté que sí al taxista. Seguro pensó que era un examen difícil porque le bajó el volumen al radio y se concentró en el ronroneo de su predicador, y me pareció que estaba más calmado al manejar, aunque tal vez se había ofendido porque no había querido seguir hablando con él. La carrera cuarta estaba quieta y delante de nosotros solo alcanzábamos a ver los techos de las busetas, pero tenía una hora todavía para llegar…

… cuando entregaba el turno a su compañero detectó algo oculto detrás de las canecas de basura. Los dos oyeron unos quejidos y pensaron que se trataba de un gato u otro animal… y cuando se acercaron… descubrieron que era un niño que respiraba con dificultad y se asustaron porque pensaron… que estaba… agonizando…

… la directora solicitó ambulancia para trasladarlo al hospital porque el niño presentaba un cuadro severo de desnutrición y asma, además de sospecha de fracturas.

Nota: Los trabajadores del hogar reportan que en el bolsillo del pantalón se le encontró al menor un papel que decía: me llamo Fredi. En los siguientes 90 días no se presentó nadie para reclamar a un menor con ese nombre, tampoco fue vista la joven que presuntamente lo dejó abandonado ni el grupo de recicladores, al parecer vecinos de la zona del Cartucho.

Seguramente tuvieron miedo de que el niño se hubiera...
muerto...

... y de ser interrogados por las autoridades...

Son doce mil, dijo el taxista, cuando llegamos al teatro. ¿Sí ve lo que le dije, que alcanzaba a estudiarse esos papeles?

Ay, no me diga que no tiene más sencillo.

III

Los miraba. Durante mucho tiempo. Hasta que veía en ellos la historia que eran.

ALESSANDRO BARICCO

1

Belén García Müller. ¿Es usted? —le preguntó la funcionaria de adopciones—, y comenzó a leer un recuento interminable de fechas, horas, años, nombre del menor y sexo, edad y circunstancias de abandono, todo otra vez, como si su hijo fuera un expediente de dominio público. El mencionado menor fue recibido por la seccional número tal de la localidad de blablablá, en delicado estado de salud, mostrando dificultad respiratoria, cuadro agudo de deshidratación, desnutrición crónica y trauma en *mm. ss.* —significa miembros superiores, señora: una fractura que al parecer no ha dejado secuelas, le explicó la funcionaria al ver su cara de terror—, y siguió leyendo palabras oficiales, tratados, declaratorias de abandono, desarrollo psicomotriz, hábitos, vacunas y documentos tal y cual, del año tal y cual, según las leyes colombianas y el código de tal y los convenios vigentes suscritos con España y la convención de los derechos blablablá, y más términos raros y más y más gerundios. Necesitaba ver la foto, pensó, mientras seguía escuchando un informe pormenorizado sobre las costumbres y los hábitos del hijo que no conocía y que, según leía la funcionaria, comía bien, dormía bien y compartía la habitación del hogar sustituto con tres menores de sexo masculino.

«Es amoroso, simpático y sociable, controla esfínteres y continúa presentando desnutrición que incide en peso y talla por debajo del promedio». Sentada ahí con una mezcla de mueca con sonrisa pensó dónde estaría Freddy en ese instante, hasta que llegaron a la última página y la funcionaria le preguntó si tenía dudas. Todas, quiso decir, pero negó con la cabeza.

—Ahora ha llegado lo más emocionante: podrá usted mirar la fotografía. Siempre la dejamos para el final porque, de lo contrario, es imposible concentrarse en la lectura. Este es su hijo —anunció, y le entregó la carpeta.

¿Su hijo?

Lo primero que vio, con la mirada borrosa por las lágrimas, fue la sonrisa. Una sonrisa que puede con todo, ¿no le parece a usted?, dijo la funcionaria, y ella volvió a asentir y ya no pudo hacer nada distinto de llorar. Lloró mirando los ojos negros y luminosos de *su* hijo, esos ojos que parecían hacerle un guiño solo a ella, y su pelo ensortijado, y aunque no sabía muy bien qué hacer con ese niño de papel, sintió que no había ninguno más en el planeta al que pudiera llamar así con esa palabra: *hijo*. Se dio por terminada la sesión y ella salió abrazada a esa carpeta de pastas verde oliva, como quien se aferra a una cobijita con el olor de su recién nacido. Salió levitando por las calles de Madrid y comenzó a ser feliz con la noticia y llegó a la editorial y estuvo a punto de estrellarse con Eva, la becaria. Las dos lloraron mientras sacaban fotocopias en color de Freddy, y Clara, que estaba reunida con una ilustradora, llegó para fotocopiar una carátula y vio salir de la Xerox la sonrisa de ese niño y Belén se lo anunció: este es mi hijo, Clara, con esas palabras viejas y trilladas que parecían tomadas de una biblia de Fermín, mientras la cara de Freddy se iba configurando en el papel, y cada fotocopia que salía tenía dueño porque llegó también Fermín cuando se enteró de la noticia y la ilustradora abandonó la reunión para saber a qué se debía tanto alboroto y mientras iban saliendo lentamente nuevas copias, el director de Diseño opinó que se podía centrar mejor la imagen y nadie pudo hacer nada distinto esa mañana: nada distinto de mirarlo, ampliarlo y probarlo en diferentes tipos de papel, aunque debían mandar tres nuevos libros a la imprenta y producción no iba a parar sus máquinas por Freddy. Salieron a comer con varias copias de su cara y el dueño del restaurante y los camareros también lo conocieron y les mandaron de regalo una botella de vino y durante esas semanas lo fueron conociendo por fax los autores de España y de ultramar, los ilustradores, los libreros, la madre de Belén —por qué te han dado un niño, de esa edad y con ese nombre—, mientras ella corría con Ángels, de un lado a otro, como suelen correr las madres cuando sus embarazos están llegando a término.

Fueron días de locura. Sacar certificado de antecedentes penales, varios juegos de fotos de frente y de perfil, con las orejas a la vista, presentar el pasaporte y obtener visado colombiano de adopción: un trámite especial para permanecer dos meses en Colombia, le explicaron, y le contaron también que, por ser la aerolínea oficial colombiana, Avianca tenía un convenio que rebajaba los costos de viaje para adoptar niños: ella averiguó por teléfono qué papeles debía adjuntar a la solicitud, pero cuando logró reunirlos y presentarlos, le dijeron que en su caso *no aplicaba* por ser soltera. Ahí en las oficinas de Avianca improvisó una arenga sobre los derechos de las madres solteras, y de no ser por una mujer que atendía en el mostrador habría terminado expulsada. Mi señora, son los nervios, le dijo la empleada, mientras le ofrecía un vaso de agua y unos Kleenex que sacó de su cartera, y ella intentó seguir la discusión hasta recordar la frase que tanto le había ayudado, estoy jugándome a mi hijo, y firmó el comprobante de la tarjeta de crédito. Salió de ahí a cumplir la cita con Ángels para comprar cama, mesita de noche, una pequeña estantería para libros y unas sábanas de dálmatas que eligieron Celia y Elsa, más una toalla de dinosaurios, una manta de estrellas y tres juegos de ropa talla 6. ¿Qué número de zapatos usa su hijo?, le preguntó la vendedora, y ella tampoco supo responder, como aquel día de diciembre, pero en vez de llorar o de salirse de la tienda, le explicó que aún no lo conocía y se enorgulleció diciendo que iba a adoptarlo en Colombia. La vendedora calculó el estándar de zapatos para un niño de cinco años, español, y enfatizó en la nacionalidad, como si las demás fueran desviaciones a una norma universal: los *niños sudamericanos* tienen tallas inferiores, aseguró con cierta conmiseración, y Ángels salió al rescate justo en el momento en que ella iba a comenzar otra de sus arengas. A sus hijas solía comprarles una o dos tallas por debajo, afirmó, como si quisiera recordarle que no eran días propicios para discusiones ideológicas, y Belén lo agradeció porque a todo lo anterior se sumaba la tarea de dejar trazado el plan editorial para desaparecer dos meses en Colombia, mientras terminaba el proceso de acoplarse al niño, según habían dispuesto los funcionarios de la Comunidad.

Aunque no quería niñeras al comienzo y no se imaginaba cómo sería su vida con una extraña deambulando por su piso, hizo varias entrevistas y luego desistió porque solo tenía tiempo para reunir papeles infinitos, apostillados, sellados, tramitados, en original y varias copias, según las exigencias del Estado colombiano. Tenemos estrictos protocolos de adopción, le dijo con orgullo un funcionario del consulado, y ella se acordó de las palabras de Ángels: son una potencia en exportar niños, pero fingió una sonrisa comprensiva y salió del consulado con otra lista de papeles que faltaban, porque siempre faltaban más papeles.

Botas del mismo pie

Tenía que armar la presentación para el tutor y no había más remedio que lanzarme a borrar, pero cómo borrar sin saber si luego iba a necesitar lo que borraba y cómo hacer un guion con tanto material que no borraba, Albeiro, Archivo personal, Bailarina, Bomba, Botas del mismo pie, Ensayo general, Fotos habladas, Grupos, Impro 1, Impro 2, Impro 3, Luz, Juanse, Juego de niños, Madona, Mambrú, Pelaos, Preestreno, tantas carpetas hasta llegar a Viridiana, y me acordé de su mirada en el preestreno, mirándose a los ojos con Arturo, cuando el comisionado hizo el brindis y todos se miraron a los ojos. Ese no era el problema, porque ya era un lugar común lo de mirarse a los ojos para evitar no sé cuántos años de mal polvo; el problema era que yo, por dedicarme precisamente a hacer retratos, fuera un experto en *captar* esos instantes: el brillo de los ojos de Arturo y el verde encendido en los de ella, los dos mirándose con una luz que yo reconocía, con una luz con la que ella no me había mirado. Lo menos que tenía que hacer era perder tiempo mientras se abría ese archivo tan pesado: Viridiana. *Delete*, eliminar.

¿Está seguro?, preguntó el programa, y puse cancelar. Cómo iba a estar seguro.

Botas del mismo pie, al menos tengo un título, y nada cacofónico, quién sabe qué diría Belén, pero tampoco había que pasarse la vida entera pensando qué diría Belén. Abrí el archivo y apareció el pelao con las botas, una secuencia de más de quince fotos y no había ninguna mala. Vi las botas brillantes, hasta alcanzaba a verle al caucho las texturas: a mi primo lo mataron, supuestamente en combates con el ejército; lo había filmado, sin cara, contándome la historia, pero era mejor verlo en las fotos, jugando a caminar con las botas en las manos. Así se las entregaron a mi tía, sí ve, con la suela perfecta, las dos del mismo pie. ¡Después de aparecer en un barrial y de haber supuestamente caminado por las trochas, le entregan esas botas y un uniforme nuevecito y le dicen a mi tía que lo mataron en un combate con la guerrilla! Él alcanzó a llamarla desde Cúcuta para decirle que había llegado bien y que por fin tenía trabajo. Y ella, feliz, le creyó, aunque mi primo ni siquiera había podido con tercero de primaria. Miré las botas caminando entre los brazos tatuados del pelao, las botas caminando como torcidas, las dos del mismo pie, como cuando los niños se equivocan al ponerse los zapatos, y volvió a aparecerse Viridiana: las mamás necesitan creer siempre, pase lo que pase, ese es un punto que se repite en las historias: la necesidad de las mamás de creer, incluso cuando saben que es mentira, y sentí rabia otra vez, y no supe qué me importaba más, si las historias o su cara, o esa luz en la mirada, y agradecí no haber borrado el archivo: Viridiana.

Cerré *Botas del mismo pie*, no me servía como introducción, y me quedé solo en la pantalla blanca, con un documento completamente en blanco para el tutor. *Fotos habladas: primer avance, Federico García Müller*, escribí, solo por no ver titilar más el cursor, y agregué la fecha, julio 31 de 2012, y sentí el vértigo de pensar que las primeras dos semanas en Bogotá se me habían hecho eternas y ahora, de repente, más de un mes se había esfumado y ya solo quedaba otro. Añadí Bogotá, al lado de la fecha, y pensé que no podía seguir así, que no había avanzado nada y ya mañana era uno de agosto. Y me acordé de tantos *unos* de agosto, cuando salíamos todos al tiempo de Madrid, como si alguien nos estuviera persiguiendo, como si el mundo se fuera a acabar, decía la Tata, pero ella también se nos pegaba y repetía que no había verano igual que los veranos en el sur, y me acordé de la primera vez que empecé a entender el significado de esa palabra, verano, y abrí mi archivo, Personal, y ahí estaba la luz del patio y ahí estaba la casa de los Müller, y volví a leer la primera instantánea que había escrito, con la fotografía que me había robado del álbum de la Tata.

Del álbum de familia

Me explicaron «esos son tus primos», pero yo no me lo creí, y ellos tampoco. Todos se conocían desde pequeños: des-

de antes de nacer. Qué rubios son, hasta los dientes son tan blancos: un rasgo de los Müller, decía la Tata con orgullo. ¿Cómo iban a tener los Müller un primo casi negro? Odiaba ese vestido de marinerito porque me parecía de niña y me iba grande, como toda la ropa que compró Belén antes de adoptarme y no era su culpa: mi talla era tres números debajo de la edad: ¡cómo iba a saberlo!

En el extremo, de izquierda a derecha, está Almudena, la mayor: ahí tendría doce años. Organizaba las veladas que cada noche se presentaban a los adultos en el salón de los espejos. Sus hermanas pequeñas, Pilar y Marina, de pie, a su lado, recortaban las boletas y Antonio, en el extremo derecho, tenía once. Él era el empresario y decidía cuántos números se presentaban cada noche y cuánto dinero le correspondería a cada uno de los actores después de la función. Paco y Miguel no salen en la foto, estaban jugando fútbol, como siempre. A Pilar y Marina las hacían bailar la jota aragonesa y los padres aplaudían sin demasiadas ganas, apenas sin fijarse, mientras tomaban el aperitivo y se las arreglaban para conversar de sus asuntos.

Arrastraba esa bolsa de cacharritos porque nadie quería jugar conmigo y tampoco me elegían para ningún número. En uno de sus arrebatos caritativos, la Tata le pidió a Almudena que me integrara al grupo y yo escuché cuando ella le dijo a Antonio que no se le ocurría ningún papel para el Recogido. Antonio le dijo que podía hacer de indio y todos se rieron con la idea, y yo dije que no con la cabeza. Entonces que haga de árbol, propuso Marina, y yo volví a negar con la cabeza. Almudena decidió que bailaría la jota aragonesa con las niñas y me obligó a ponerme un pantalón negro que estaba apretadísimo y olía a moho. Salí corriendo en un descuido y me escondí detrás de un sofá de terciopelo verde que había en el cuarto de la Tata y estuve escondido ahí, detrás de ese sofá, primero escuchando los preparativos en el salón de los espejos, y luego oyendo mi nombre: Federico, Federico, ¿dónde se habrá metido el adoptado? Que ahora no nos digan que lo

141

hemos rechazado, decía Almudena, y los otros primos la apoyaban: no sabe actuar, es mudo y huele mal. Callad que se ha escondido y se está enterando de todo, dijo Almudena, y todos volvieron a llamarme.

Después hubo un silencio y volví a escuchar los gritos de Belén, de sus primas, de los tíos: Federico, Federicoo, Federicoooo... Las voces se acercaban, me rozaban, y luego se alejaban, según se iban moviendo por la casa: en la cocina, en las habitaciones, en el salón, en los jardines. Pero los llamados de Belén sí que dolían. Me daba un impulso de salir, lo vuelvo a sentir ahora que lo escribo, y ya no sabía cómo salir, no me atrevía: tenía miedo y el miedo era más grande con cada minuto que pasaba y con cada grito de ella: Federico, Federicooo, Federicooooo, su voz subía y bajaba y se alejaba y se acercaba; primero voz y luego grito y un silencio, y luego, una mezcla de gritos y de lágrimas, pero no era fácil devolverse, y yo no sabía cómo salir del escondite. Quería decirle aquí estoy, mamá, no se lo digas a nadie, volvamos a nuestra casa de Madrid, quería decirle que nos fugáramos, sin contárselo a nadie, pero también presentía que ella no lo iba a hacer, que prefería a su familia de antes: a la de siempre, y no a su propio hijo. «Su propio hijo»: cómo dolía, cómo duele...

Habían pasado casi dos horas, habían salido al jardín y la Tata dijo que me buscaran en el lago. Belén lloraba y siguió llorando cuando me descubrió: me daba golpes y luego me abrazaba y luego un manotazo y luego un beso. Chiquillo mío, mi amor, mi niño y más golpes. No vuelvas a hacerme eso nunca más, ¿me estás oyendo? Déjalo, Belén, le dijo Carmen y me rescató de sus brazos, mientras le daban una infusión y todos me miraban como si yo fuera un fenómeno. Los primos también me miraban y me odiaban. Les había estropeado la velada: ya era tardísimo y ese día no hubo función o bueno, sí la hubo, pero no hice de árbol ni de indio, y a todos los mandaron a dormir.

«Tú no eres hijo de tu madre, a ti te han recogido los gitanos», me dijo Marina, y Pilar la iba imitando: «Tú no eres hijo de tu madre, a ti te han recogido los gitanos».

2

Estaba reunida con los agentes japoneses cuando Eva le deslizó un papel con el nombre del abogado. Ha dicho que es muy urgente, se disculpó, al ver su cara de prohibido interrumpir, y ella salió de su oficina para atender la llamada desde el cubículo de la recepcionista.

—Qué pena, sumercé. Me dijo su secretaria que estaba ocupadita.

—¿Ha sucedido algo? —lo cortó.

—Es que necesitamos su autorización para hacerle unos exámenes médicos al niño.

—¡¿Está enfermo?!

—No se me asuste, sumercé. Son exámenes de rutina: parcial de orina, cuadro hemático, glicemia, prueba de vih…

—¿Sida? —le salió un aullido de tigresa—. ¿Por qué no me lo había dicho?

—Señora, yo siempre recomiendo hacer todas las pruebas antes de la entrega, para que después nadie pueda alegar ocultamiento de información. Podemos omitirla, pero yo cumplo con decirle. Usted decide…

—Pues no lo sé —contestó, y se recostó en el escritorio porque las piernas se le habían puesto de trapo—. ¿Le dolerá?

—No mucho. Un pinchacito en el brazo. Pero necesitamos su autorización para llevarlo al centro de salud. Mi secretaria lo recoge y vuelve a dejarlo en el hogar. Usted dirá qué exámenes le ordeno.

—Todos —dijo con un hilo de voz—. ¿No es peligroso?

—Mi secretaria es de toda confianza. No se preocupe, sumercecita, que todo va a salir bien.

—¿Cómo lo sabe?

—Por experiencia. Digamos que tengo ojo clínico. Hoy lo vi. Está lindo su chinito. Y muy ilusionado. Por otra parte, quería comentarle que estos exámenes son extra. No los cubre el instituto. Si le parece, lo sumo a la cuentica de honorarios que le voy a mandar esta tarde. Solo quedaría pendiente cancelar el último saldo, contra entrega. Quiero decir, cuando le entregue el pasaporte y el registro civil del menor.

No logró dormir más de una hora seguida en las tres noches siguientes. Se despertaba con las palabras como una piedra sobre el pecho: sida, ¿qué probabilidad de uno en cien? Es una probabilidad, no hay que negarlo, seguía pensando con esa mentalidad catastrófica que ahora volvía a sorprenderla y que era una marca de su infancia. El cuarto día le pidió a su madre que la invitara a cenar. Se recostó en su cama, como cuando era niña, y vieron las dos el telediario.

—Si quieres, quédate a dormir, hija. Te siento preocupada: ¿ha pasado algo con ese chiquillo?

—Nada, mamá. Son cosas mías. Miedos… —dejó la frase sin cerrar.

—¿Sabes lo primero que hizo tu padre cuando naciste? Te contó los dedos de las manos.

Lo veo quitándote esos mitones que antes les ponían a los bebés, porque ahora todo ha cambiado y no los abrigan casi... Todos los padres tenemos miedo. Y en tu caso, más.

—¿Por qué dices en *mi caso*? —le preguntó a la defensiva.

—Ay, hija. Hoy no vamos a pelear. ¿Qué te da miedo?

—¿Tú crees que le gustaré?

—Si eres un encanto…

—Quiero decir: ¿le gustaré como mamá?

—Todo es ganancia en esos niños. Pobrecillos. Pero no me mires así: no vamos a pelear. Hoy no. ¿Te quedas a dormir?

—No, mamá. Tengo que resolver muchas cosas. Ya sabes, temas prácticos.

—¿Y no te puedo ayudar yo? ¿Ya tienes hecha la maleta?

—Si faltan dos semanas —contestó. Y el nudo del estómago se le apretó aún más, pensando en las pruebas y en la falta de noticias. Pensando, incluso, como una nube negra que se atravesaba, si en realidad iría a Colombia.

—Ay, hija. También yo tengo miedo de ese viaje tuyo. Que no se vayan a enfermar con ese clima tropical o que no te enfermes tú porque el chiquillo estará acostumbrado a vivir en *esas* condiciones.

—Sí, mamá —por primera vez no discutió. No vamos a pelear. Hoy no. Esa noche soñó que un niño gritaba y se escondía detrás de ella y una enfermera los perseguía con unas agujas de tejer. La despertó el teléfono.

—Todo normal, sumercecita linda —dijo el abogado sin los rodeos habituales de saludo—. El pelao está perfecto. Sacó cinco aclamado en los exámenes. ¿Y ahora por qué llora?

El tono de la risa

Pierre se encontró con su tío abuelo. Es sobreviviente de una masacre, pero tiene problemas de memoria. A toda la familia la mataron los *paracos,* contó Arturo, y Pierre, que antes no se llamaba así, supongo, pero tampoco me atreví a preguntar cómo se llamaba, se salvó porque su mamá se lo entregó, recién nacido, a ese señor que era su tío y, además, cura del pueblo. *Es,* porque todavía no se ha muerto. Arturo dice que aunque no se ha confirmado ciento por ciento el parentesco con el viejo, los genes

145

hablan solos, eso lo repitió varias veces, mientras Pierre se reía y Arturo le decía que tenía la forma y el tono de la risa, y yo me quedé pensando en eso, el tono de la risa, y Arturo siguió diciendo que había sido un día emocionante, uno de esos días que justifican el trabajo de meses y años, y me pregunté si me *estaba echando un vainazo*, si lo decía por *mi caso*, mientras él seguía insistiendo en que era impresionante oír la misma risa y el mismo timbre en dos idiomas.

A Pierre se lo llevaron a Marsella cuando todavía no hablaba: tenía nueve meses, todo está claro en sus papeles, y él sí tenía registro civil y certificado de defunción de la mamá, por eso *las vueltas* de su *caso* fueron fáciles. Él solo habla francés y, bueno, ese inglés afrancesado que solo sirve para decir lo básico en un viaje; por eso casi todo el tiempo nos entendimos con mímica y buscando palabras en el idioma en el que fueran saliendo. Ahora quiere aprender español y Arturo va a enseñarle: le va a dar cinco horas por semana mientras hacen una tonelada de vueltas y convencen al cura de hacerse la prueba de ADN; un burro hablando de orejas, se rio Arturo, y yo me quedé pensando si ese era el dicho apropiado y me puse a desmenuzar el pensamiento: Arturo le va a enseñar a hablar español con todos sus errores, un burro hablando de orejas, y no dije nada porque no quería ser el aguafiestas del paseo y menos cuando estábamos celebrando y Arturo había dicho que todas las cervezas se las cargaran a su cuenta.

Esas son las mejores historias: una mamá que salva a su hijo antes de morir; te mueres de dolor y odias la guerra o a los grupos armados en abstracto, pero no a tu mamá. Así deberían ser todas, y no como la mía: una pelada de catorce años que ni siquiera sabe qué pasó ni quién es el papá, me dijo Viridiana, que estaba sentada al lado, y fue la primera vez que la oí hablar de su pasado adoptivo, como dijimos todos en la celebración, medio en chiste, medio en serio. Me contó que su nombre verdadero era

Stayfree. ¿Stayfree?, le pregunté con cara de risa, y me arrepentí inmediatamente, porque ella movió la cabeza en señal de asentimiento y yo vi pasar una sombra por su cara y me explicó: por las toallas, y yo volví a mirarla como un idiota, y ella volvió a decir, higiénicas; Stayfree, por las toallas higiénicas, y yo volví a ver pasar la sombra…

Por los niños perdidos de Peter Pan, dijo Viridiana, y Arturo la miró con los mismos ojos del preestreno y le dijo, por Wendy, solo a ella, y yo miré para otro lado, protegido, detrás del ojo de la cámara. Tienes que salir tú también, me dijo Viri, y puse la cámara en automático sobre la repisa de artesanías de Colombia y corrí a abrazarla: de un lado yo, del otro lado Arturo y detrás Pierre, todos tocándola, y me sentí parte del grupo, parte de algo por un instante, mientras decíamos *whisky*, todos al tiempo. Y ahora Viri estaba hablando de otro libro, *Sin familia*, y Pierre también lo conocía, y Viri dijo que era un bodrio, y que su mamá se lo leía, porque tal vez le había parecido autobiográfico: toda una tragedia, con niño abandonado, y nada era chistoso, pero todos nos reíamos, y se me ocurrió que había valido la pena venir a Bobotá, aunque no supe si era por todas las cervezas.

Mis libros

Ángels nos leía libros especiales para niños adoptados. Historias con final feliz, historias de familias que buscan un bebé y de bebés en busca de familia. Yo prefería El patito feo, *esa edición antigua que había en casa de la Tata y que había sido la historia favorita de Belén. Siempre me pregunté por qué la prefería, si ella no fue ninguna pata fea, perdida sin saber entre una familia de patos. Seguramente fue duro para la Tata tener un nieto como yo. ¿Me quiso por amor o fue por lástima? El pobre, la oí decir con un suspiro a las amigas, cuando iban a tomar el té a su casa, vaya a saber dónde lo*

*encontraron. Ella creía en la caridad cristiana y me incluía
en sus oraciones, pero en realidad no era mi abuela sino una
señora amable y «misericordiosa con el prójimo» que me daba
caramelos y me cuidaba cuando Belén salía de noche. Si ella
no tuvo nada que ver con mi adopción, si alguna vez le oí
decir cuánto sufrió por ese capricho de su hija, ¿por qué tenía
que adoptarme como nieto? Y ya no más hipocresía: hay lazos
de atrás que no se pueden inventar. Yo no quería a la Tata y
ella tampoco a mí…*

    *Tarzán era mi héroe. Los padres mueren en un naufragio
y a él lo cría una mona. Y Pinocho. «Yo no soy un muñeco; yo
soy un niño de verdad», le grité una vez a Belén.* Pinocho,
Tarzán, Peter Pan y El patito feo: *esos fueron mis libros de
autoayuda.*

3

Había copiado el teléfono de Genoveva muchas veces en su agenda, pero luego pasaba la página de esa semana y siempre tenía tareas más urgentes por resolver. Se dio cuenta de que había usado ya dos agendas desde que comenzó su proyecto de adoptar en Colombia y que los datos de Genoveva habían pasado de un año al siguiente sin usar. Por Clara, que se encargaba de regalías internacionales, sabía que Genoveva vivía en Bogotá o, al menos, que tenía domicilio y cuenta bancaria en Bogotá. La última vez que se habían visto en la Feria del Libro de Buenos Aires, Genoveva se había quejado de que *El hotel de cinco cucarachas* no circulaba bien y había sugerido invertir más en promoción. Belén le contestó, medio a la defensiva, que su libro vendía «aceptablemente», que ya iba por la segunda reimpresión, que Lapislázuli era una editorial independiente y que no tenía dinero para hacer campañas publicitarias y mucho menos en países donde las ventas no compensaban las inversiones, como era el caso de Colombia. Ventas e inversiones, había usado esas palabras, y Sergio, que la había oído hablar con tanto cariño de la ilustradora colombiana, le subrayó la contradicción cuando llegaron al hotel. Hablaste como una multinacional, solo te faltó hablar del «mercado del libro», le dijo, y agregó que el encuentro con su amiga parecía, más bien, «un desencuentro».

Sin embargo, a unas semanas del viaje a Colombia, Genoveva parecía una tabla de salvación. Llamarla ahora, después de tanto tiempo sin hablar y resumir la vida en diez minutos, como máximo —pensó, calculando el costo de la llamada—, no era la mejor prueba de amistad. O quizás sí…

—Genoveva, hola. Soy Belén.

—¿Belén García Müller? ¿Y ese milagrazo?

—Milagros te voy a contar yo. Iré a tu país dentro de dos semanas, por eso te he llamado.

—¿Vienes al congreso de bibliotecarios?

—No, mujer. De trabajo, nada. Empiezo por el final: voy a adoptar un niño colombiano.

—¿Un niño?… ¡¡¿Tú?!!

—Sí, por extraño que te suene —se le salió, como a la defensiva.

—Perdóname. Es que siempre pensé que no querías… En todo caso, me alegra mucho, felicitaciones —cambió el tono—. Se pueden quedar los dos en mi casa… Dile a… ¿Sergio, se llamaba?

—Ya no vivo con Sergio.

—¿Tienes otro marido? Estoy muy atrasada de noticias.

—Soy madre soltera. Es una historia larga. Allí te contaré. Pero me preguntaba si me podrías ayudar a conseguir un hotel no demasiado costoso. Tengo que estar por lo menos un mes y medio en Bogotá con Freddy, mientras legalizamos todo.

—¿Freddy? ¿Qué edad tiene el bebé? ¿Cuándo te lo entregan?

—Es un niño de cinco años.

—¿Cinco años? —a Belén le pareció que se le había esfumado el entusiasmo—. ¿Prefieres alguna zona en especial?

—Pues no lo sé. No conozco Bogotá. Por eso te he llamado. No tengo a nadie allí, aparte del abogado que me ayuda con los trámites.

—Dame dos días y me vuelves a llamar. Voy a buscar algo cerca de mi casa, para que no te sientas sola.

150

—Gracias, Genoveva. ¿Y tú cómo estás?

—Yo, bien. Aquí te cuento.

—¿Qué edad tiene tu hijo? La última vez que nos vimos estabas embarazada, ¿no?

—Caro va a cumplir cuatro. Y Pedro, casi siete. Te va a salir carísima esta llamada. Colguemos y me vuelves a llamar pasado mañana a esta misma hora. Besos, besos.

La Momia

Tenemos una cita urgente con un amigo que nos va a ayudar, me dijo Arturo y me sacó del ensayo. Trató de decirme que era una vuelta adicional, al margen de los conductos regulares, había sido su frase exacta, como quien dice agradezca, pero luego, al ver mi cara, añadió: no se preocupe, hermano, que está previsto en mis imprevistos y yo lo voy a acompañar, *toro* cubierto. Teníamos cita en el canal Arzobispo, muy cerquita de aquí, vamos a pie, me dijo, y los pelaos se burlaron cuando él les preguntó dónde quedaba el canal. Cuál canal: cualquiera, hasta un gringo, sabe que eso no es un canal, *el caño*, corrigieron, y como Albeiro iba a pasar por ahí, se fue con nosotros para guiarnos.

Un hombre con una gorra desteñida, que alguna vez podía haber sido roja, desbarataba cajas de cartón, mientras una mujer separaba unos trapos que habían sido ropa, como si trabajaran en cadena en una película de la revolución industrial, se me ocurrió, y me pareció una estupidez, pero los movimientos eran así, sincronizados. ¿Ese milagro, gringo?, le dijo el hombre de la gorra a Arturo, y a mí me miró de arriba abajo, como si fuera un forastero. ¿En qué anda, Momia?, le devolvió el saludo Arturo y el hombre le contestó, pues gringo, aquí tomando el sol, pero Arturo no parecía captar sentidos figurados y el hombre corrigió: aquí camellando, a ver qué sale de esta porquería.

151

Le presento a mi amigo Federico, el *man* del que le habló el Zorro, dijo Arturo. Me dijo mucho gusto, caballero, pero no supe si era burlándose o en serio, y me extendió su mano lisa y reseca como una lija. Están en su casa, dijo la Momia, y nos pasó unos cartones: para que no se les mojen esos *jeans*, exageró la pronunciación, tratando de imitar al gringo.

Oiga, Momia, como ya le comenté a su socio, necesitamos un contacto con recicladores, dijo Arturo; mi amigo Federico quiere averiguar unas cositas, no hay muchas probabilidades, y resumió *mi caso*, conmigo ahí tratando de fijarme en otras cosas: la calle, los buses, los niños, la mujer sacando trapos del costal, el prado que brillaba, las moscas que volaban: así decía Belén cuando me distraía, cuando no soportaba más oír. Pero eso fue hace tiempos, en el siglo pasado, me devolvió a la realidad la frase de la Momia, como si hubiera vuelto a clase y un profesor furioso se hubiera dado cuenta de que no estaba poniéndole atención. Le va a costar mucho billete dar con algo, le dijo a Arturo, con la mirada fija en mí, y Arturo le habló en un tono más fuerte: ojo, Momia, sin sobornos o me largo y no me vuelve a ver *más nunca*. La Momia exageró una sonrisa que le hizo ver la cara tensa, y me di cuenta de que parecía una momia, qué apodo tan bien puesto. Para eso estamos, para colaborarle, dijo, y luego me preguntó: ¿algo que yo deba saber, alguna señal particular?

Pensé que menos mal se me había ocurrido traer el expediente, y lo saqué para entregárselo, pero él volvió a hacer su risa templada y me dijo que si fuera por papeles y por sellos para eso tenía al instituto y al Gobierno de Colombia. Nada de papeles, gracias, caballero. ¿Alguna señal particular?, volvió a decir y me miró de arriba abajo. Échele cabeza, alguna cicatriz, se me acercó más de la cuenta y me sentí invadido: me estaba mirando la cara, las pupilas, los hombros, fijamente, y siguió bajando por mi cuerpo sin dejar de examinarme, y de repente yo le estaba estirando el brazo izquierdo. Súbase la manga, me ordenó, y yo le obedecí, como si él fuera un médico.

Esto es un mordisco de lobo. ¿A usted es que lo trajeron del monte?

De perro, no sea bobo, corrigió al ver mi cara de espanto. Una niña menudita, como de cinco años, jugaba con una muñeca sin brazos, y otra, un poco mayor, la perseguía para quitársela. Mía, mía, aulló la más pequeña y abrazó a la muñeca para que la grande no se la quitara. A ver, princesas: suelten esa cosa, que aquí no vinimos a jugar y mucho menos a pelear, dijo la Momia, pero la niña se escondió detrás de Arturo y unos niños más grandes comenzaron a lanzar tapas de cerveza. Guerra de *proyectines*, gritaron, y yo atrapé una tapa y la raspé contra la calle y volvieron de nuevo ese sonido y la emoción de ver desdibujarse las letras, para convertirse en una joya plateada, brillando al sol sobre ese prado verde, y me acordé de un collar de tapas que alguna vez había tenido. Uno de los niños me imitó, y luego otro, y llegaron más, como si brotaran niños del caño, y se pusieron a frotar las tapas sobre el pavimento y las frotaron con los pies, como en un concurso de la que fuera más brillante.

Tres niñas con uniformes celestes se bajaron de un bus enorme y se quedaron fascinadas mirándonos raspar las tapas, pero la mujer que las estaba esperando las agarró con desconfianza. ¿Qué?, ¿le molesta el ruido, mamita? ¿Va a llamar a la policía? ¿Le busco el número o le marco?, gritó la Momia, blandiendo el celular. Aquí la autoridad somos nosotros. Y estamos trabajando, igual que usted.

No les dé papaya a los vecinos, dijo Arturo. En serio, Momia, ¿nos va a ayudar?, le preguntó, y él le dijo a la mujer que reciclaba, mija, venga, y me volvió a tocar el brazo. No sería raro que este man fuera de la familia, le dijo a ella, con su risa de momia, y ella aclaró: de la familia de recicladores; por el bracito es que él lo dice. ¿Por el bracito?, preguntó Arturo. Parece que esa mordedura se la curaron al estilo casero, sin ir al hospital, le explicó la mujer, como si Arturo fuera mi acudiente. Mejor dicho, al estilo callejero, se nota por los puntos. ¿Sumercé qué edad tiene? Veintidós, le contesté, y Arturo aclaró: más o menos, calculamos.

La Momia miró a la mujer y la mujer miró a la Momia, y aunque traté de interpretar cada milímetro de luz, cada milímetro de cara, no pude deducir nada. Déjeme ver qué le averiguo y cualquier cosa, hablamos, le dijo la Momia a Arturo. Pero le advierto, gringo: es prácticamente imposible. Desde que desapareció el Cartucho, suponiendo que el caballero fuera de allá, aparecieron muchos cartuchitos y ahí sí es imposible saber en cuál de todos.

Casi imposible, ¿sí me refiero?

¿Sí ve, hermano? Mejor no siga buscando, me dijo Arturo cuando volvimos al hostal. Ya *se* hizo todo lo posible. Ya no *se* puede hacer más, y subrayó ese impersonal, como si no dependiera de nadie en este mundo encontrar nada.

4

¿Qué come un niño de cinco años?, quiso preguntarle a Genoveva ese domingo, antes de la cita, cuando la llevó al supermercado y la ayudó a elegir productos, con ella ahí medio pasmada, rodeada de mujeres y familias que discutían sobre marcas y sabores. ¿Alpinito, yogur o cereal?... ¿Será mejor comprar bananos, peras o manzanas?, le preguntaba Genoveva, y ella seguía pensando en la pregunta general: ¿qué come un niño de cinco años? Genoveva tomó la iniciativa y echó lo que ella misma llamó *básico*: una garrafa de agua, seis manzanas, una botella de jugo de naranja, queso para sándwich, salchichas, Comapán, mantequilla, uvas, un tarro de Milo, una caja de huevos, azúcar, sal, dos lasañas congeladas, champú Johnson's para niños, ponqué Ramo. Ella, por ayudar, por hacer algo, tomó de la estantería una caja de leche larga vida. «Los niños buscan su hogar», leyó en la caja, y vio la foto de un muchachito como de siete años, con nombre y apellido. Genoveva le explicó que era una campaña del instituto: sacan fotos de niños abandonados en la televisión y en las cajas de leche, por si alguien los reconoce y los reclama; es un trámite legal, antes de darlos en adopción, siguió diciendo, y le quitó la caja de las manos para meterla en el carrito, sin darse cuenta de que le arrancaba de un tirón la cara de un niño.

—Ay, perdóname —le dijo al ver sus ojos.

—Así debió salir mi niño, en una caja de leche —dijo Belén—. Quién sabe cuántas veces salió y yo lejos… Y ya no tuvo voz, y se quedó paralizada ahí, en medio de la sección de leche en polvo y larga vida y leche condensada, estorbando en ese carril congestionado, precisamente un domingo por la tarde, y recordó una ponencia que había leído Genoveva en un seminario en Buenos Aires y quiso agradecérsela, pero la situación, su situación emocional, no estaba para discusiones literarias. Pensó que había algo metafórico en el hecho de que Genoveva volviera a estar al lado suyo, y sintió que la historia podía ser una sucesión de puntos aparentemente aislados que luego se unían con un lápiz, como en esos libros de acertijos de los niños: une los puntos y encontrarás una figura: un castillo, un dragón, un elefante, una pensión de cinco cucarachas, la cara de un niño que te mira desde una caja de leche, los cuidados de una amiga de la que no supiste nada durante muchos, muchos años, y el miedo.

El miedo.

El pánico.

—El barrio donde te van a entregar a Freddy queda muy lejos. Te puedes gastar dos horas, por el tráfico. Parece, en realidad, otra ciudad, otro planeta —intentó prepararla Genoveva cuando llegaron al apartahotel con el mercado—. Yo reservé mañana el día completo por si me necesitas… por si quieres ir acompañada, pero te puedo esperar afuera o puedo no ir y que me llames desde el hotel cuando vuelvas con el niño… Como prefieras.

Ella no sabía qué preferir. El abogado había incluido en sus honorarios un taxi de ida y vuelta al lugar donde estaba programada la cita, le dijo a Genoveva, y ella entendió que Belén no estaba en condiciones de decidir nada, así que retomó el protagonismo de las compras:

—Yo voy en mi carro, y si me necesitas, me haces una seña desde la puerta. Y si no quieres que aparezca, no me miras, como si no me conocieras. Pero quiero que sepas que voy a estar ahí.

Casa Morada

Ni se le ocurra aparecerse por allá con ese gorro de turista, me dijo Arturo, un burro hablando de orejas, y yo, todo obediente, lo guardé en el bolsillo de la chaqueta y me subí al taxi que él había contratado para llevarme a la cita con el «contacto» de la Momia. Por nada del mundo me lo vaya a dejar solo, le advirtió Arturo al taxista, y le dio un billete de cincuenta mil, ahí están incluidos los peajes; el resto cuando me lo devuelva sano y salvo, dijo, y yo empecé a temblar, con semejante frío, y pensé que de pronto era mejor no ir, pero ya no podía bajarme del *tour toro incluido*, como lo había llamado Arturo. Ya se acabó el billete, hay que saber cuándo parar, ya no hay más vueltas, me había dicho también, y yo pensé en el dicho de Viri de la peor diligencia, y no tenía ni idea de si era la peor, pero la última sí era, y ya no había más remedio que ir, aunque no hubo necesidad de decidir porque ya el taxi había arrancado.

Las luces se iban encendiendo poco a poco en algunas habitaciones de la avenida y yo jugaba a adivinar aquí quién vive: una mujer que va a una fábrica, un niño de colegio; una pareja hace el amor detrás de esa cortina, en la ventana de abajo está desayunando una azafata, en esta ventanita redonda una mujer se está bañando; en qué trabajaría toda la gente que se levantaba a las cuatro de la noche, y el taxi se desvió de la avenida y se metió por calles más estrechas cada vez y por atajos desolados, y ya no quise adivinar aquí quién vive. La Momia había advertido que había sitios por los que no se podía cruzar y que él no respondía, pero afortunadamente el taxista que consiguió Arturo era *del barrio*. Se llamaba Jairo, me explicó, y fue señalando los límites que separaban los distintos territorios: aquí los cachivacheros, allá los banqueteros; más abajito los jíbaros, los sopladores, los travestis, los gatilleros, y *porái* diez cuadras al oriente, el Callejón de la Muerte.

Las calles están divididas: hay sectores peligrosos y sectores más residenciales. Y estratos, claro, aquí también, con gente buena y gente muy dañada. La misma vaina, igual que allá donde lo recogí.

Teníamos que buscar a dos *chinos* que vendían tinto, y *otras cositas*, dijo Jairo. De noche, tinto, y de día tienen un puesto de aguacates, pero lo que ellos hacen es anunciar a *los propios* si ven un movimiento raro o si viene la ley, por eso les dicen *campaneros*. O sea que ni se le ocurra abrir la boca para que no se pillen el acento. Dos niños que no debían tener más de doce años se acercaron con unos termos y le preguntaron a Jairo si tinto o aromática. Él contestó que venían de parte de la Momia y que iban a Casa Morada, y sacó un billete de diez mil para cada uno: el tinto más caro de Bogotá, me dijo, es un peaje, y yo me tranquilicé de pensar que eso era lo que llamaba peaje y que ya no íbamos a salir de Bogotá.

Atravesamos una especie de diagonal hasta que vimos a otro campanero en bicicleta que señaló la casa, aunque no había necesidad, porque sí era morada: las puertas más oscuras, la pared de un lila desteñido, casi rosado, y un farol con luz morada. Jairo dijo que me esperaba en esa misma esquina y que me quedara en la puerta: que el barrio entero tenía ojos y orejas, que allá todo se sabía, y que pilas, pilas, pilas, que por nada del mundo me moviera de la puerta.

Una mujer con minifalda y medias de lunares negros dijo a la orden, y yo contesté, como me había dicho Arturo que le había dicho la Momia que le había dicho su mujer, que buscaba a Baby Doll.

¿Como para qué sería?

Es un encargo de la Momia, le dije a la mujer, exactamente como me habían enseñado, y ella me contestó, ah, ya, usted es el extranjero. ¿Me recuerda su nombre? Federico, le dije. Federico García, Freddy, y ella me preguntó al fin qué y yo le dije Freddy. No se me quede por ahí que a los clientes no les gusta que los vean. Yo le aviso cuando ella se desocupe, me fue empujando hacia una especie de salita.

Retrato de Baby Doll

Me siento en una banca de cojines morados de peluche, detrás del corredor que lleva a unas habitaciones. Cada puerta está numerada, del uno al siete, con números negros mal pegados. El aire huele a incienso barato. La puerta dos se abre y un hombre se hace el que no ve. Yo miro fijamente la punta de mis zapatos y me doy cuenta de que están pelados y me concentro en cada peladura hasta que lo oigo despedirse de la mujer de medias con lunares. Se abre otra puerta y sale una pareja que también mira al suelo y yo vuelvo a verme los zapatos y casi al tiempo sale otra pareja charlando: ella, sobre todo; ella habla y él solo se ríe y ya no sé qué más mirar y me concentro en los arabescos de la alfombra y un haz de luz se cuela por la ventana mal tapada y veo cómo tiñe de celofán rojo los arabescos, y estoy ahí pensando en esa luz cuando se abre la puerta tres. Una mujer con mechones rubios y mejillas muy rosadas camina directamente a donde estoy. Usted viene de parte de, me dice como si fuera un acertijo, y yo contesto, de la Momia.

Me hace pasar a la número tres y nos sentamos en una cama doble, con edredón morado del mismo peluche de los cojines, pero más sucio. O más gastado. No tengo tiempo, dice ella, quitándose las medias, y quiero preguntarle si es Baby Doll pero no digo nada. Me acuerdo de unas vacaciones de verano, cuando nos quedamos en la casa de un editor amigo de Belén en Badajoz y fuimos al circo. Veo los leones flacos y vuelve a aparecerse aquella trapecista con un vestido fucsia, parecido al que intenta quitarse Baby Doll, solo que este es más desteñido y la escarcha se le ha ido cayendo y veo que el edredón se llena de punticos brillantes y que la luz del día los

159

ilumina. Yo solo vine a hablar, le aclaro, pero ella dice que de todos modos son cien mil. Anticipados.

Cuál es su nombre, me pregunta, y yo le digo Freddy. Ella me mira y yo veo que tiene todo el maquillaje trasnochado, y miro su cara triste. ¿Freddy qué más?, me pregunta, y yo le digo, Freddy No Más. Vuelve a mirarme, de una forma aún más triste, y le digo que me abandonaron con ese nombre, Freddy, escrito en un papel.

Ajá. ¿Y…?

Estoy buscando a mi familia. La Momia me dijo que tú, tal vez… Que conoces mucha gente de antes: del Cartucho porque tú naciste ahí. En los noventa, más o menos. ¿Y para qué quiere a su familia? ¿Acaso a su edad no puede vivir solo?, me pregunta, y parece que por fin se ríe.

Me cambio y salgo, dice. Espere afuera.

La Baby Doll que sale es otra. Siete centímetros más pequeña y tres tallas menos, por lo menos. El pecho casi plano, el pelo mojado, y ya no es rubio, y la cara muy pálida. Se ha cambiado el vestido de escarcha por una sudadera azul oscura motosa, con un escudo de colegio, y ya no es fácil llamarla Baby Doll. Le dice a Jairo que vamos a la plaza de comidas y él se deja guiar por calles que parecen iguales. Ninguna calle se deja atar a nada, ninguna puede memorizarse y tampoco hay números en las esquinas. Baby Doll sigue indicando: por esta a la derecha, por la otra a la izquierda, cruce por la próxima, y la cara de Jairo tampoco se ve segura de seguir y el aire se vuelve irrespirable.

¿Dónde estamos?, pregunto.

En la plaza de comidas, dice ella.

5.

El taxista subió las ventanillas, verificó que todas las puertas estuvieran con seguro y el abogado le sugirió esconder su bolso debajo de las piernas. Tápelo bien con su chaqueta, sumercé —le enseñó—, que ahora vamos a pasar por una *olla*, pero no se me vaya a asustar: esos *desechables* son inofensivos si uno no les demuestra miedo. ¿*Desechables*?, ¿había entendido bien? El semáforo cambió a rojo y un muchachito con la cara tiznada se lanzó a limpiar la ventanilla del taxi. ¡Lárguese!, gritó el taxista, e hizo ademán de pegarle con una especie de varilla que guardaba debajo del asiento. El niño blandió también sus instrumentos de limpieza, y aunque el semáforo seguía en rojo, el taxi arrancó bruscamente con un chirrido de llantas que la hizo agarrarse de la pierna del abogado. Perdón, señora, pero es que me vuelve una miseria los vidrios con esa agua asquerosa, se disculpó el taxista, y el abogado añadió que era agua contaminada del río Bogotá o de una cloaca con orines, que al fin y al cabo era lo mismo, y ella pensó en ese niño que la estaba esperando, ¿le gustaré como mamá?, y se acordó de la primera vez que le habían leído el expediente: come bien, ¿Alpinito o cereal?, ¿de dónde vienes, amor mi niño?... Abrazó al osito polar que le llevaba de regalo mientras miraba unos cerros escarpados y se decía, y le decía, ya falta poco, hijo, ya vamos a llegar.

Dos funcionarias del instituto y una nutricionista la esperaban en la puerta. Ella alcanzó a ver a Genoveva en el carro y le hizo una señal de auxilio. Entró a un salón con piso de baldosa y mientras el abogado saludaba de beso a las *doctoras*, sumercecita linda, cómo está de divina, con piropos a la medida de cada una, ella se dejó abrazar por Genoveva, que parecía llegada de otro mundo, hasta que dieron comienzo a la lectura del expediente y repitieron las frases que conocía de memoria. Le advirtieron que tenía desnutrición crónica y que no había crecido lo esperado; la nutricionista le recomendó darle plátano y bastante bocadillo y la hicieron firmar un acta de recibimiento del informe que el abogado revisó con una lentitud insoportable. Ella preguntó si su amiga podía filmar y tomar fotos y le dijeron que claro, siempre y cuando el menor no se asustara; entonces Genoveva dijo que iba a buscar la filmadora y Belén la vio regresar con una caja blanca de cartón y una bolsa que decía Mercados Romi.

—¡Sorpresa! —dijo, y sacó una torta llena de crema con unas letras doradas que decían «Freddy» y un payaso de azúcar que puso encima. No puedo llorar, pensó Belén, pero lloró, y Genoveva le pidió que organizara platicos, tenedores y servilletas de payaso sobre la mesa. Muy bien, así, muy bien, la fue animando, mientras ella se aplicaba, como una madre primeriza, en disponerlo todo para la fiesta de su hijo: los platos, las servilletas, los tenedores, los vasitos y una botella de Colombiana, todo en fila, como si se le fuera la vida en esos gestos. Perfeccionista y temblorosa, tardó más de la cuenta.

—Mi señora: ¿ya está lista? —le preguntó el abogado.

Dijo que sí, mordiéndose los labios, con la mirada fija en las letras doradas del ponqué: «Freddy».

—Abran la puerta —dijo una doctora.

Una mujer lo traía de la mano y en la otra él traía un ramo de flores. Belén miró sus motas de pelo, repeinadas con una especie de gel, y vio la misma sonrisa de la foto. La sala olió a loción, quizás le habían echado demasiada, y el niño miró a su alrededor. Ella dio un paso, solo un paso, y él pareció reconocer a la mamá que había visto en las fotos. Miró a la mujer que lo traía, para ratificar que sí, que esa era *la mamá,* y la mujer asintió y le hizo una señal, como si le diera permiso de moverse, como si ya lo hubieran ensayado.

Entonces sucedió: él se soltó de la mano de la mujer y Belén se le acercó; los dos movimientos a la vez, sincronizados, y se abrazaron.

—Mi niño —fue todo lo que dijo.

Él no le dijo nada. Y se quedaron abrazados, casi pegados. Él con la cara escondida entre el abrazo, en medio de la sala, en medio de las fotos, en medio de la gente.

Después de un rato, Freddy miró a la mujer que lo había entregado:

—¿Y qué era lo que le iba a decir a la mamá? ¿Se le comieron la lengua los ratones?

Él solo hizo la sonrisa y le entregó las flores, ya medio aplastadas. Ella lo besó y le mostró el osito polar, que estaba al lado del ponqué.

—Te he traído un regalo.

Freddy casi le rapó al osito, sin quitar los ojos del ponqué.

—¿Qué se dice? —le preguntó la trabajadora social.

—*Gacias* —contestó, como si estuviera amaestrado.

—¿Tienes hambre? ¿Quieres torta? —se atrevió Belén.

Freddy asintió con la cabeza y ella le sirvió una tajada y se sentó a su lado para darle de comer, pero él tomó el tenedor y engulló un pedazo enorme. Genoveva no paraba de filmar y Freddy, de comer. De hecho, en todas las fotos salió con la boca llena, blanca de crema, atragantado de ponqué.

—¡Qué bien hueles!, ¿quién te ha echado esa loción? —le dijo, mientras le servía un vaso de Colombiana.

—La *ita* —contestó con la boca llena.

Belén miró al abogado y él tradujo: «La hermanita». Le explicó que era la hermana sustituta, de la familia que lo había cuidado mientras lo entregaban en adopción:

—Seguramente están escondidos, mirando en la calle cuando salgan, para ver cómo es la mamá. Es que se

163

encariñan mucho con los niños, pero usted no los va a conocer. No los dejan tener contacto. Son las reglas.

El tiempo se había quedado quieto. Después de tantos meses, estaba ahí junto a ese niño y no sabía qué seguía después. No había libreto, de repente. La trabajadora social le entregó una bolsa y le indicó que esa era la ropita. Freddy se quedó mirando la bolsa con un gesto que a ella le pareció de preocupación. ¿Le gustaré como mamá?, volvió la frase, y se le ocurrió que su hijo quería decirle algo.

—Ahí también van sus juguetes —añadió la funcionaria, y a ella le pareció insólito que en una bolsa tan pequeña pudiera caber todo.

—Vamos a ver qué va en la bolsa. ¿Quieres comprobar que no se queda nada? —le adivinó, y el niño hizo un amago de sonrisa como si se le hubiera quitado un peso de encima. Sacó un perrito de peluche y un camión amarillo de plástico y se aferró a ellos, como dándole las gracias por haber recuperado sus tesoros.

—Titas —le dijo, hablando solo para ella.

—¿Cómo se llama tu perrito?

—Otitas.

—A ver, Freddy. Háblele más duro a la mami. Hable clarito y despacio que usted puede. ¿Cómo se llama su peluche?

—Motitas —volvió a decir el niño, ahora casi en grito, mirándola a los ojos.

—Hola, Motitas —dijo Belén—. ¿Quieres ir a casa con el oso polar?

—El taxi nos está esperando —dijo el abogado—. Despídase, mijito, y dé las gracias que nos vamos. ¿Se va con su mamita?

—Sí.

—Sí, señor —lo corrigió la trabajadora social.

—Sí, señor —repitió el niño y besó a todas las doctoras.

Belén también las abrazó y vio que una lloraba, como ella. Y salió en el taxi con su hijo por esas calles de tierra.

El niño iba en sus piernas y ella solo iba oliendo esa cabeza y sintiendo esas motas de pelo engominado. Mi niño. Es que es mi niño. Es lo que me ha hecho más feliz en toda la vida, se decía, mientras las lágrimas caían por sus mejillas.

—Chichí —le dijo Freddy cuando habían avanzado unas veinte cuadras.

—¿Qué dices, corazón?

—Tengo chichí —repitió.

—Quiere ir al baño —volvió a traducir el abogado—. Aguante, mi chinito, que ya vamos a llegar.

Freddy volvió a mirarla solo a ella y repitió: mamá, tengo chichí.

¡Mamá, por fin! Pero ya no lloró:

—Vamos a buscar un baño, tesoro, no te preocupes. ¿Hay baño por aquí? —le dijo al abogado.

—Sumercecita linda, esta zona no es muy recomendable. Y ni soñar con baños.

Pararon frente a un lote baldío con un anuncio: «Perros bravos». Ella salió del taxi con su hijo y le ayudó a bajarse la cremallera. Genoveva iba detrás y tomó la foto desde el carro.

Mi barrio

Nombre: Federico García Müller.
Curso: Tercero.
Tema: La descripción.
Trabajo: Pregunta a tus padres cómo era el barrio donde naciste. Haz una descripción e ilústrala con un dibujo.

No sé dónde nací. Nadie lo sabe.
Te llamaron del colegio porque entregué la hoja con esa frase en el primer renglón y el resto en blanco, sin dibujo. La profesora dijo que era falta de esfuerzo, que me burlaba

de ella, me contaste, y contaste también a tía Ángels, y a todo el que quisiera oír tu historia, que ese día te habías puesto como una tigresa porque me habían maltratado y que habías obligado a esa profesora a pedirme disculpas, delante de toda la clase. Ahora, cuando han pasado tantos años y ya puedo decírtelo, eso tampoco me gustó, porque los niños de tercero me miraron raro y yo no quería ser raro sino como los otros. Ahora, cuando no importa, o cuando ya no importa tanto o cuando importa más que nunca, estoy tratando de llenar el resto de la hoja.

Bolsa grande de sobras... 2000 pesos
Vaso de agüepanela... 200 pesos
Hoja de papel reciclado (puede usarse como plato)... 150 pesos.

Así podría ser el menú de esa plaza de comidas. ¿Se vale como descripción? ¿Lo aceptaría la profesora de tercero o habría que describir más cosas?¿Las calles, las miradas?

Nací, parece, en un lugar así. Por el olor, yo creo que sí. Yo creo que lo primero es el olor; nada del verbo, sino El Olor. Me trajo Baby Doll, que también nació en un barrio así, y aunque te suene raro, tal vez te gustaría. A primera vista, obvio que no, pero ella dice, igual que tú, que para qué necesito encontrar a mi familia, que ya estoy grandecito como para poder vivir sin mi familia. Dice que mi edad puede cuadrar con este barrio: que este es un barrio nuevo, uno de los tantos Cartuchitos a donde se pasaron a vivir los habitantes del Cartucho.

Por cierto, ¿sabías que El Cartucho ya no existe?

¿Te acuerdas de cuando buscábamos palabras en el diccionario: Cuartucho, Cartucho, y tú creías que por fin me interesaba la clase de Castellano?

La plaza de comidas que hoy visité, según me explicó Baby Doll, es la réplica de otra que hubo en el Cartucho. Pero no vayas a creer que se parece a la del centro comercial a donde me llevabas los sábados, después de natación. Ahí podía escoger: pizza, hamburguesa, perro caliente...

En esta plaza también se puede escoger, pero hay otras opciones:

comida vencida

comida de banquete

y, si tienes suerte, calentao.

¿Sabes lo que significa calentao?

No creo que puedas encontrarlo en tu colección de diccionarios.

Baby Doll me presentó a los dueños del negocio, por si podían decirme algo, pero nada: dijeron lo mismo que Baby Doll, lo mismo que la Momia, lo mismo que Arturo, lo mismo que Viri, lo mismo que tú ya me habías dicho: que es casi imposible saber nada. Se llaman Charlie y Diana, como los de Inglaterra, y son los que controlan lo relacionado con alimentos y bebidas. Todos los días van a los restaurantes del norte, del centro internacional o de los hoteles, y piden sobras. Pero son sobras para revender: no es caridad sino negocio, me dijo Baby Doll. A veces la gente se intoxica, me contó, pero eso casi nunca sucede, porque los clientes tienen el estómago curado... ¡De espanto!, pensé yo, pero no dije nada.

Hoy quise descifrar un trozo de ciudad: mi barrio.

Los que son del barrio, los que no son del barrio.

¿Tú vives en el barrio?, ¿tú eres del barrio?, diría la profesora de tercero, y aquí me lo preguntaron sin tutearme:

¿A este qué se le perdió por estos lados?

Es una forma de decir lo mismo: los que son, los que no son. La misma vaina en todas partes, dijo el taxista que me trajo.

Yo creo que sí. Yo creo que soy del barrio.

Hoy quise descifrar un trozo mío en este barrio.

Hoy tuve el sentimiento de estar donde empecé: de estar volviendo a casa.

167

6

Hasta esa hora todo había sido fácil, demasiado fácil, como si Freddy le ayudara a ser mamá, como si estuviera adiestrado para complacerla. Habían pedido sopa de verduras y pollo asado cuando llegaron al hotel y él no dejó nada en los platos, ni siquiera la lechuga, para sorpresa de Belén. Después de haberse comido esa porción de torta, ella pensó que no tendría hambre, pero el estómago de Freddy, ese fue su primer descubrimiento, parecía un barril sin fondo. Comió casi la misma cantidad que ella y luego, cuando salieron al parque, frente al hotel, pasó un señor con un carrito de helados que se anunciaba con una campana y Freddy devoró una paleta de chocolate que tenía un dinosaurio diminuto de regalo y, además del dinosaurio, se guardó el palo de paleta en el bolsillo, a pesar de la insistencia de Belén para que lo tirara a la basura. Ese fue su segundo descubrimiento del día: que él no tiraba nada, ni el palo del helado, que todo le parecía indispensable.

—Baño no, no *tiero*, no me baño —gritó, ya sin esforzarse por tener buenos modales.

—Un baño rico con agua caliente —insistió ella y le tomó la mano. Él se dejó llevar a regañadientes hasta el baño y se quedó maravillado con el vapor que salía de la ducha.

—Es agua calentita. ¿Quieres tocarla?

Le llevó la mano y le mojó los dedos.

—¿Lo ves? Está buenísima. ¿Te ayudo?

Él levantó los brazos, dócil, para animarla a desvestirlo, y ella le quitó el suéter y la camisa y vio la cicatriz del brazo que había leído en el informe y lo llenó de besos en ese brazo y en el otro, y siguió desnudándolo, con una ternura que no sabía de dónde le salía. Lo ayudó a dar un paso hacia la ducha y se quedó detrás de la división de acrílico, mirándolo: primero vio su sobresalto, como si temiera que el agua pudiera hacerle daño, y lo vio ocultar el brazo de la cicatriz sobre la espalda. Miró a su niño, tan pequeño, con las costillas a la vista, primero más confiado con la tibieza del agua, y luego feliz, dando saltos en los charcos que se iban formando, y recordó las recomendaciones de la nutricionista: plátano y bocadillo. ¿Qué significaba exactamente *bocadillo*?

Le echó el champú que había comprado y luego lo jabonó mientras nombraba piernas, rodillas, cuello y todas las partes de su cuerpo, como hacen las mamás, como si así lo hubiera hecho siempre. El siguiente problema fue lograr que se saliera y la única forma, después de rogarle varias veces, fue ir a buscar en la maleta la toalla de dinosaurios que le había comprado y extendió las del hotel para hacerle una especie de alfombra y le secó los dedos de los pies, uno por uno, y mientras terminaba de secarlo, lo abrazó y descubrió que le quedaba enorme esa pijama, también de dinosaurios, y le dobló las mangas y trató de hacerle un nudo en la cintura para que el pantalón se sostuviera y sintió las costillas: una por una las tocó y las fue contando, como si fuera un juego, otro ritual. Y cuando terminó, él dijo *ota vess* y ella volvió a contar: un huesito, dos huesitos, tres huesitos… Y se acordó de una canción de cuna que cantaba en el coro del colegio y le cantó, *cabeza de coco, grano de café*, y la volvió a cantar al ver sus ojos tan abiertos, *como dos ventanas que miran al mar*, mientras tomaban leche con cereal, manzana, torta y Alpinito.

—Es hora de dormir —le dijo, y lo acostó en la cama junto a Motitas y el oso polar. Y mientras sacaba los cuentos que había traído en la maleta, vio que Freddy se aferraba a Motitas, a punto de ahorcarlo, y que el oso polar estaba abandonado en el otro extremo de la cama. Quizás extraña su cama, pensó, y no supo qué hacer ni qué decir, con ese niño ahí mirándola con esos ojos asustados. Entonces se le ocurrió abrir el libro de los monstruos y comenzó a leer:

La noche que Max se puso su traje de lobo y se dedicó a hacer faenas de una clase y de otra, su madre lo llamó monstruo. Y Max le contestó te voy a comer. Y lo mandaron a la cama sin cenar…

Estaban ahí los dos, en esa cama enorme de un hotel en Bogotá, en medio de la noche: de su primera noche juntos. Él se le fue acercando y ella también, sintiendo su miedo, sintiendo su calor. *Esa noche nació un bosque en la habitación de Max*, siguió leyendo, y lo ayudó a pasar las páginas del libro. *Los monstruos rugieron sus rugidos terribles*, casi rugió, mientras los ojos de su hijo iban del libro a los ojos de ella. Era una noche helada. Eran los dos mirando fijamente a los ojos amarillos de los monstruos sin pestañear una sola vez. El niño, ella y el libro, en triángulo amoroso. El niño cada vez más cómodo en sus brazos, mientras pasaban páginas de monstruos, juntos por fin, bajo la luz tenue de una lamparita. Y cuando la historia se acababa, él le pedía que volviera a comenzar.

Ota vess. Ota vess. La úntima vess… mamá.

Casas

«Belén no está conectada», dijo Skype. Calculé las horas y se me ocurrió que tal vez sí se había echado un novio porque allá eran las once de la noche y a esa hora siempre estaba conectada, esperándome. Me esforcé por imaginar el pasillo, la puerta de su cuarto, su cama, el baño, y luego pasé al mío: la cama, el escritorio, la ventana, y repetí, *mi casa*, y volvieron, en orden descendente, las casas donde había vivido:

Ortega y Gasset, 45, 4A. Barrio de Salamanca.

Pintor Rosales, 22, 9D. Argüelles.

Antonio Grilo, 20, 3B. Si alguna vez llegaras a perderte, repite Antonio Grilo, 20, Tercero B, Madrid. Muy bien, tesoro. Y pides que te lleven a tu casa…

Antonio Grilo, 20, Tercero B, Madrid. ¿Y qué más?

España.

¿Y qué más?

Europa.

¿Y qué más?

La Tierra.

¿Y qué más?

El sistema solar, el universo…

¿Y qué más?

Nada más.

¿Y antes de Nada Más?

Antes no hay nada.

En la calle hay una plaza,

en la plaza hay una esquina,

en la esquina hay una calle,

en la calle hay una casa,

en la casa hay una pieza.

En la pieza hay una cama…

En la cama hay un niño y otro niño y otro niño y otro niño, te dije una vez, mirando el libro de los siete enanos, acostados todos en la misma cama, mira, mamá, mira mi cama, ¿dónde está mi Otra Cama, dónde están los Otros Niños?, pero tú no contestaste.

Antonio Grilo. ¿Y antes?

Apartahotel El Castillo, Bogotá, Colombia, Suramérica.

¿Y antes?

Viviste en un hogar sustituto, con otra familia que te cuidó mientras yo te encontraba. Tal vez había otros niños, hijo, no lo sé. Lo que sí sé es que te cuidaron bien.

¿Y antes?

171

Ay, hijo, no lo sé.

Vivir en una calle, en una casa, en una pieza, ¿qué significaba?

Y luego, al descubrir esa carpeta de pastas verdes en tu cajón secreto del armario, había leído «Calle del Cuartucho».

Mamá, ¿qué es cuartucho?

Vivienda o cuarto malo y pequeño, me leíste, directamente desde el diccionario. Una palabra despectiva para nombrar un cuarto. Un cuarto feúcho, no como el tuyo que es tan bonito.

Alguna vez volví a leer el expediente y vi que no ponía cuartucho sino cartucho. Pero ya no te pregunté.

Cartucho: carga de pólvora y de municiones… envoltorio cilíndrico de monedas… bolsa hecha de cartulina… quemar el último cartucho… etcétera…

Busqué en el diccionario sin tu ayuda. Pero el diccionario no ayudaba. Nada decía de unos recicladores de la calle del Cartucho.

El nombre de un país, de una ciudad, de una esquina, de una calle, ¿qué significaban?

El Cartucho ya no existe, lo borraron, y la gente está perdida. Unos muertos, otros dispersos por ahí, otros *llevados,* me había dicho Baby Doll. Quería cobrarle la decepción, como si fuera culpa de ella. Yo había venido a este país para buscar mi casa. Yo no quería un país, no me importaban los países. Yo quería encontrar mi casa. Significaba mucho menos que un país, pero significaba mucho más: mi casa. Tierra arrasada, tierra de nadie, pensé en lo que me había dicho Viridiana: este país no tiene memoria.

«Me gustaría que hubiera lugares estables, inmóviles, intangibles… mi país natal, la cuna de mi familia, la casa donde habría nacido, el árbol que habría visto crecer… el desván de mi infancia lleno de recuerdos intactos… tales lugares no existen, el espacio se vuelve pregunta», había copiado esa cita de Perec, como posible epígrafe para mi exposición, y al lado había puesto una foto de mi primer cuarto en Madrid.

Federico García Müller. Antonio Grilo, 20, 3B, volví a mirar la letra de Belén. Ahí estaba, borrosa, la marquilla que había puesto en el portafolio, la misma que ponía en todos mis cuadernos: por si te pierdes, hijo. Borrosa, por el tiempo. Borrosa entre las lágrimas.

Un parque. El parque Tercer Milenio. Y ahora están planeando hacer un centro comercial, me había dicho Baby Doll. Campos semánticos: limpieza, basura, desechables. Un campo entero que se había borrado.

Lloré, en silencio en esa cama,
en ese hostal,
en esa ciudad,
en esa noche.

7

Tengo un cuaderno lleno de bocetos y a veces lo miro de noche, cuando por fin los acuesto y me quedan fuerzas para no quedarme profunda al lado de ellos, había comenzado a decirle Genoveva a Belén, con un dejo de tristeza, pero la frase quedó en punta porque Caro derrumbó sin querer el castillo que estaba haciendo Pedro y él le echó un palazo de arena y Genoveva tuvo que soplarle los ojos: cuántas veces les he dicho que no tienen que tratarse así, y cuando salió toda la mezcla de lágrimas y arena de los ojos de Caro, y todos los me perdonas y los no lo vuelvo a hacer de Pedro, dijeron otras cosas: ¿vainilla, fresa, chocolate? ¿Cono, paleta o vasito? ¿Con tatuajes de Power Rangers o de piratas?

Los tres niños habían salido corriendo por el parque como perros de Pavlov detrás del tintineo de un carrito de helados y Genoveva había saltado como un resorte: cuántas veces les he dicho que no pueden salir así, disparados, como locos, y se había terciado la cartera para agarrarlos de la mano y a Belén se le ocurrió que nunca se había imaginado estar sentada sobre el prado de un parque en Bogotá, viendo jugar a dos niños con su hijo, *su* hijo: qué extraño le sonaba todavía el posesivo, en esa suave rutina de criar niños por las tardes.

—Nunca me había imaginado así a Bogotá —le dijo a Genoveva.

—¿Así cómo?

—No sé. Tan parecida a todas las ciudades.

Freddy fue el primero en sacar una paleta, pero cuando Caro y Pedro escogieron los vasitos con tatuajes, la cambió por otro igual. Belén les ayudó a sacar los tatuajes, mientras Genoveva recibía las monedas de cambio que le entregaba el vendedor de helados y el cielo pasaba de azul a gris en un instante:

—Acaben rápido y boten el vasito a la basura, que va a llover.

—No hemos traído paraguas —se asustó Belén y le hizo una señal a Freddy para que botara su vasito, pero él se negó, y como estaba a punto de llorar, guardó el vasito y la cuchara de plástico con restos de helado en su cartera.

—Aquí nunca se sabe, el clima cambia en un segundo —le dijo Genoveva y volvió a tomarlos de la mano, justo cuando los goterones comenzaban a caer. Corrieron una cuadra en busca de un alero y se refugiaron en la portería de un conjunto cerrado, donde cabían los cinco bien apretujados. Un celador preguntó a qué apartamento *se dirigen*.

—A ninguno —dijo Genoveva—. Estamos escampando. Pedro, no metas las botas en los charcos —gritó, entre el estruendo de la lluvia—. Pedro y Freddy, sin mojarse —repitió, y se dio cuenta de que Belén miraba con pánico el arma de ese celador.

—Pedro y Frede, sin mojarse —le hizo eco Carolina.

—No es Frede, es Freddy —la corrigió su hermano.

—Cuando llueve tan duro, pasa rapidísimo. Es un espantabobos —dijo Genoveva.

—¿Espanta qué? —preguntó Caro.

—Espantabobos, boba —se le burló Pedro.

—Se dan la mano y vamos a correr hasta la casa. Caro, dale la mano a Pedro.

—A Pedro no, a Frede —dijo, y todos volvieron a correr, en busca de otro alero, y fueron parando en los aleros de todos los conjuntos cerrados con celadores uniformados que les preguntaban lo mismo: ¿a qué apartamento *se dirigen*?

—A ver, nena, te quito esas medias empapadas. Y vamos a prestarle una pijama tuya a Freddy —dijo Genoveva cuando llegaron a la casa.

—Una de Pedro, porque Frede es niño —aclaró Caro.

—Que no es Frede, es Fre-ddiiii —insistió Pedro.

—Déjala en paz, que todos entendemos.

—Oye, ¿cuántos años tiene Freddy? —le preguntó Pedro a Belén.

—Cinco.

—¿Y por qué es más chiquito que mi hermana? ¿No come?

—Ya crecerá porque sí come y muy bien.

—¿Podemos ver Cartoon, mamá? —cambió de tema Pedro.

—Está bien. Media hora. María, por favor ponga esta ropa en la secadora y luego los acompaña a ver televisión.

—La suerte es que tienes a esa chica —dijo Belén, mientras se secaba el pelo y se ponía un jean seco de su amiga—. En Madrid vale una fortuna pagarle a alguien para que duerma en casa. Para ti es más fácil trabajar. Además, lo haces aquí, ¿no?

—Teóricamente. Pero no sé, Belén. Me he convertido en una mamá gallina —dijo, con un temblor de voz que recordaba la conversación inconclusa del parque y su cuaderno de bocetos.

—Qué diera ahora por ser como eres tú… La casa, los niños y el marido: todo tan bien organizado. Te sale natural ser buena madre. En cambio, a mí…

—Ay, Belén. La procesión va por dentro.

—¿Sabes? Tengo problemas con el nombre. ¿Freddy? ¿Con doble *d*, con *y* o con *i*? ¿Qué hará cuando le enseñen a escribirlo?

—¿Quieres cambiarle el nombre? —le soltó Genoveva, sin rodeos.

—Pues no lo sé: me preocupa lo de la identidad. Tendría que preguntarle a una psicóloga. Pero no me gusta ese nombre… Freddy —se atrevió al fin.

—¿Y si le preguntas al abogado? Todavía no han hecho el registro civil. Estás a tiempo.

—¿Cómo le voy a quitar su nombre?, ¿cómo voy a decidir por él?

—Eso es lo que hacemos: decidir por ellos todo el tiempo.

—No sé si me atrevería...

—Vas a cambiarle todo: los apellidos, la nacionalidad, el país, el acento, la comida. Podrías darle también un nuevo nombre: el nombre del amor, el que te gusta.

—¡Mamá, mamá: mataron a otro señor! —gritó Pedro. María, muy pálida, llegó detrás y Caro y Freddy, sin entender muy bien, también llegaron.

—Estábamos cambiando de canal y pasamos por el del noticiero —se disculpó María—. Están diciendo que asesinaron a...

—Póngales el canal de dibujos animados —la calló Genoveva—. No pasa nada, niños. Ya vamos a prepararles la comida. Freddy, ¿te gustan los perros calientes?

—Sí, señora —dijo Freddy y volvieron los tres, corriendo, justo cuando comenzaba otro episodio de los Power Rangers.

Fotos habladas

Federico García Müller
Bogotá, agosto 22 de 2012

El presente trabajo pretende, *presente, pretende, no pretende nada*. Tampoco es un trabajo. Es un archivo: en realidad, fotos habladas. Las más nuevas son de mi pasantía en Sol Naciente, Bogotá, Colombia, con adolescentes víctimas del conflicto armado, y están intercaladas con otras que me han tomado y que yo he tomado desde que comencé a fotografiarlo todo. La estructura se ha planteado, *¿planteado?*, alrededor del cajón de fotos que guardó Belén (*mi madre, ¿entre paréntesis?*), y el título de la exposición también viene de ella, del día en que me entregó una caja de cartón llena de fotos y de papeles, y la marcó así: «Fotos habladas». Le dije que no podía llevar esa caja en el avión, que pesaba una tonelada, pero ella dijo, por si acaso, y no tuve corazón para decirle que no me la llevaba.

Problema de investigación: hay fotos que no están y hay pedazos de fotos de lo que nunca estuvo ni va a estar: eso no sé cómo decirlo. El presente trabajo pretende contestar quiénes están detrás, quiénes no salen.

El tono es demasiado personal y el lenguaje no suena nada académico. Pero además eso no se puede llamar, estrictamente, un problema de investigación, dijo Viridiana cuando terminé de leer. Le contesté que así no iba a ser el lenguaje, que esas solo eran las ideas, y me dijo que ya no quedaba tiempo para seguir llamándolas «ideas», porque las ideas había que concretarlas en una redacción. Arturo la corrigió: en una escritura, pero a ella no le molestó la corrección: eso, en una escritura, dijo, como diciéndole, lo que tú digas, y me pareció que todo lo hablaba para Arturo. No he tenido mucha cabeza últimamente, intenté justificarme, y Arturo saltó para aclarar que eso no era una disculpa, que él me había advertido que mi caso era de los *más, más imposibles*, y dijo que mejor nos concentráramos en ver lo que sí estaba. Las fotos hablan solas, no se necesitan palabras académicas, le dijo a Viridiana, y yo volví a ver el cruce de miradas, mientras abría la presentación y aparecía la fotografía de Rosa con sus orejas grandes y sus falsas esmeraldas y su cuerpo tan redondo: la primera mujer que yo había fotografiado, y apareció, pero solo en mi memoria, esa primera cámara que me había regalado Belén y volvió a entrar la luz por las persianas en la primera casa que habíamos tenido y pensé que necesitaría inventar también una foto de esa cámara.

Retrato de Rosa

¿Por qué tienes las tetas así, Rosa?
¡Estabas espiándome! Voy a decírselo a tu madre.

Pues díselo, que no me importa. ¿Por qué tienes las tetas así?

¿Cómo es así?

Así, tan grandes. Taaaan… abajo.

Será por vieja. Y te advierto que los niños buenos no andan mirando tetas.

¿Eres más vieja que mi madre?

No, mi niño. Ella es mayor. Diez años, por lo menos.

Mi madre no las tiene así.

Será por toda la leche que les di a mis hijos. Al más pequeño lo amamanté hasta los dos años. Casi no logro destetarlo.

¿Mi madre me ha dado leche?

¿Y cómo quieres que lo sepa? Cuando te conocí, ya estabas en el cole. Pregúntaselo a ella.

¿A quién?

A quién va a ser: pues a tu madre.

Tú sabes que ella no es mi madre. A que lo sabes…

¡Ay, niño! Claro que es tu madre. Y date prisa, que vamos a llegar tarde. Tu madre nos está esperando en la editorial.

¿Lo sabes, o no?

Lo único que sé es que se nos ha hecho tarde. Tengo más cosas que hacer, aparte de cuidarte.

¿Los bebés adoptados toman leche?

Claro que toman leche. Todos los bebés toman leche.

¿De dónde sacan la leche los bebés adoptados?

Del tarro de la leche. Andando, Federico, que vamos tarde.

¿Tú sabes, Rosa?

El qué.

Pues eso: que mi madre no es mi madre.

¡Ay, niño! No te habrá parido, pero es tu madre. Y no le cuentes nada de esto, que se le rompe el corazón. Y la que paga los platos rotos soy yo.

¿Qué platos rotos?

Es una forma de decir. Deja de hacer tantas preguntas y alístate a subir en el vagón de atrás que se ve más despejado. ¡Muévete, niño!

Dos corazones rotos: el de mi madre, por no haberme te-nido entre sus tripas. Y el mío, por no haber nacido de las su-yas. Dos dolores que se encuentran. Será dolor lo que nos une.

Problema de investigación: ¿qué hacer con el dolor?

Ni Viridiana ni Arturo hicieron muchos comentarios después de ver a Rosa. Una coma aquí y los guiones de diálogo que me faltaban, como siempre. Son minucias, dijo Arturo, y Viridiana lo miró como si le dijera, ¿te das cuenta?

Tenemos que buscar patrocinio de la Cooperación, dijo Arturo, pero no me lo estaba diciendo a mí. Viridiana y él se miraban y se volvían a mirar, conmigo ahí, hablando de mí y de mi trabajo, como si yo fuera invisible.

Y volví a ver la misma luz que les hacía brillar los ojos.

Faltaba lo más importante, le había dicho con solemnidad el abogado. Tenían que ir al juzgado de la localidad para sacar el registro civil de Freddy y, una vez cumplido ese trámite, la expedición del pasaporte sería cuestión de días. El tiempo de Colombia se acababa y aún le quedaba por resolver si Freddy iba a llamarse de otro modo. *Qué extraño que me llame Federico*, buscó sin éxito un poema que no se había podido quitar de la cabeza en las antologías de García Lorca que había en las librerías cercanas al hotel y Genoveva la conectó con una librería de viejo que era de su amigo Jorge. El olor del lugar la devolvió a la biblioteca de su padre y volvió a verse leyéndole cuando iba a cuidarlo para que su madre descansara. Eran tardes interminables y terriblemente dolorosas que ahora evocaba con cierta añoranza, con ese dolor de tiempo ido para siempre, cuando él todavía estaba ahí, todavía: qué lejana sonaba ahora esa palabra. Ella se recostaba al lado, en su cama angosta de enfermo con barandas. Se le metía en la cama hospitalaria que habían alquilado y que él odiaba, con un cuidado extremo para no lastimar su cuerpo tan pequeño, sus huesos tan frágiles, y le leía un poema, nada más uno, porque la atención era dispersa y los calmantes no podían hacer milagros. A veces, cuando estaba más alerta, él le pedía el *Llanto por Ignacio Sánchez Mejías*. *Eran las cinco en punto de la tarde*, volvió la voz entrecortada de su padre uniéndose a la suya, *¡Eran las cinco en todos los relojes!*, *¡Eran las cinco en sombra de la tarde!*, y volvió a ver las lágrimas en sus mejillas demacradas y esa expresión tan suya, *ay, hija mía*, y estuvo a punto de llorar, recitándole a Jorge el único verso de un poema: *qué extraño que me llame Federico*.

Jorge sacó unas *Billiken* y se las prestó a Freddy. Tesoro, ten mucho cuidado, que son revistas muy antiguas, no vayas a romperlas, le dijo ella, mientras el librero se fue a buscar la escalerita para buscar las obras completas de García Lorca. Belén le sostuvo la escalera y luego lo ayudó a bajar lentamente, con el libro entre las manos. Vio las letras doradas sobre la tapa de cuero marrón: la firma inconfundible del poeta, y lo tocó como si reviviera el gesto de su padre casi ciego, palpando esa cubierta en la penumbra de su alcoba, y se acordó también de Sergio aquella vez en la Feria del Libro Antiguo, cuando apenas se conocían y encontraron la primera edición de las *Obras completas* de García Lorca, de Aguilar. Me habría gustado regalárselo a mi padre, pero se está quedando ciego y ya no puede leer una letra tan pequeña, le había dicho a Sergio, y él la había animado: cómpraselo, mujer, y se lo lees tú; deja que lo toque y que lo huela; y quiso contarle esa historia al librero y a su hijito, que seguía ahí, mirando dibujos viejos de *Billiken*, pasando esas hojas amarillentas con tantísimo cuidado, como si supiera que no podía hacer ruido, que no podía distraerla, que era un momento importante para ella.

Pasó las páginas delgadas, miró la foto del poeta y la firma ilegible del antiguo propietario, seguro muerto ya como su padre, y se movió con familiaridad hasta encontrar el índice al final. Sus dedos recorrieron los títulos, como si leyera con el tacto, y se posaron en la línea exacta: *De otro modo*, página 340. *La hoguera pone al campo de la tarde unas astas de toro enfurecido*, leyó en voz alta, y le dio un brinco el corazón y se saltó el resto de los versos hasta llegar a aquella frase: *¡qué raro que me llame Federico!*

—Habría jurado que decía qué extraño y no qué raro —le dijo a Jorge. Freddy se había cansado de ser bueno y trató de subirse en la escalera, pero ella lo atrajo suavemente. Lo sentó en las piernas, cerró el libro y puso sus deditos sobre la cubierta—. Mira qué suave. Era uno de los libros favoritos de tu abuelo.

—¿En dónde *tá* el abuelo?

Ella no supo qué decir. No era su estilo decir *está en el cielo*, pero se le ocurrió que el eco de su voz y su memoria estaban ahí, guardados en las páginas.

—Tu abuelo se murió. Cómo le habría gustado conocerte. A él le gustaba que le leyera este libro.

—¿Tu abuelo no sabía leer?

—No era mi abuelo sino mi padre. El padre de tu madre es tu abuelo —le explicó, con esa frase que le sonó tan rebuscada.

—¿Cómo se llama?

—Fernando, se llamaba. Fernando García Torrente.

—¿Mi abuelo no sabía leer?

—Sí que sabía. Pero al final casi no podía ver las letras. Entonces yo le leía. Como te leo a ti todas las noches.

—¿Me lees el libro de *tu* abuelo?

—Te voy a leer un poema que le gustaba mucho. Se llama *De otro modo*.

Y mientras Jorge se fue a traer café, ella le leyó la última estrofa:

Llegan mis cosas esenciales.
Son estribillos de estribillos.
Entre los juncos y la baja tarde,
¡qué raro que me llame Federico!

—¿Me lees otro cuento? —le dijo Freddy, más interesado en la escalera y en el gato de Jorge que se paseaba entre los libros viejos.

—Lo vamos a comprar. Es un regalo para ti. Para nosotros. Porque mañana será un día muy importante.

—Pero no tiene *burujos*.

—Sí que los tiene, mira.

Y fue pasando las páginas delgadas para mostrarle las ilustraciones y las fotos.

—¿Este es tu abuelo?

—No, mi niño. Es Federico García Lorca. El que escribió el libro —le dijo, y volvió a decir el verso, *¡Qué raro que me llame Federico!* Jorge les envolvió el libro en papel de seda y regresaron al hotel. Hicieron sopa de letras y de postre comieron Alpinito.

—Ahora un cuento y a dormir. Mañana tenemos que levantarnos muy temprano. ¿Cuál quieres hoy? ¿El de los monstruos?

—El libro de tu abuelo.

Buscó un poema más sencillo. *Canciones para niños*, volvió a poner el dedo en las líneas del índice y comenzó a leer: *El lagarto está llorando, la lagarta está llorando*, pero Freddy dijo yo quiero el mío, y ella volvió a leer *La hoguera pone al campo de la tarde unas astas de ciervo enfurecido*, sintiendo el olor de la cabeza de su hijo y la textura de su pelo, y él escuchó el poema completo hasta el verso final, *¡qué raro que me llame Federico!*

—¿Te gustaría llamarte Federico… para acordarnos del poema del abuelo?

—¿*Ferico*? —dijo él con un bostezo.

—Mañana va a ser un día muy largo. Tenemos que ir al sitio del abrazo.

—¿A ver a mi hermanita? —preguntó, con una sonrisa que le iluminó toda la cara.

—No, mi niño. Ahora tú y yo somos una familia y allá nos van a dar un papel para que podamos irnos a Madrid. Nos vamos lejos a casa: a nuestra casa, en un avión muy pero que muy grande —dijo, y vio que él agarraba el cuello de Motitas con una fuerza que dolía.

—Así no, tesoro, que lo rompes. Te va a gustar volar en el avión, ya lo verás.

El abrazo

Quitarás las sábanas para ponerlas en la lavadora y descubrirás, al lado de mi cama, las botas que compramos juntos el sábado, cuando hiciste la lista de lo que me haría falta en Colombia, y yo pensaba que no me haría falta nada de todo eso que anotabas, pero no sabía cómo decírtelo y fuimos a comprar las botas. Intentarás llamarme para decir que las botas se me han quedado, que podrías llevármelas al aeropuerto, y puedo imaginar tu cara al oír que mi móvil está sonando debajo de la cama.

¿Te das cuenta de que sí era importante revisar?, dirás al aire o a ti misma, como si hubieras ganado una batalla, pero en algún momento entenderás que tantas cosas no se me pueden haber *olvidado* exactamente.

Entonces volverás a ver mis botas, ya sin prisa, y tal vez vuelvas a decir cómo ha pasado el tiempo, como solías decirme cuando íbamos a comprar zapatos de uniforme, al comienzo de todos los septiembres, y me contabas la historia de esas botas que habías tenido que rellenar con algodón cuando viajaste a Colombia a *recogerme*. Verás también ahí, debajo de la almohada, mi manta de estrellas y la echarás en la lavadora y te acordarás de cuando no te dejaba que la lavaras, nunca jamás, y de cuando la olía después de llegar de una excursión y descubría que sí la habías lavado y te decía, nunca jamás voy a confiar en ti, mamá, solo para ver el reflejo de mis palabras en tu cara.

Una medida de jabón, pero cierra bien la puerta para que la máquina funcione, recordarás el mantra eterno: cómo es posible que a estas alturas de la vida no hayas aprendido a ajustar bien la puerta de una simple lavadora, Federico, y las estrellas comenzarán a dar vueltas detrás del vidrio empañado.

¿Tendrás los ojos empañados?

Estoy aquí en la sala de embarque, repasando la película, y cuando me falta algún pedazo o me distraigo, rebobino. Te dije que no quería que me llevaras al aeropuerto, que en metro llegaría más rápido, y me pareció raro que no hubieras insistido, como siempre. Quizás estábamos de acuerdo en que era mejor para los dos, primera vez que coincidíamos en algo mejor para los dos, y también coincidíamos en que ninguno era capaz de dar el paso siguiente. Quería decirte pues nada, adiós, Belén, pero me quedé paralizado, hasta que tú dijiste, que se hace tarde, hijo, y diste un paso. Un paso tú y yo otro paso, no puedo borrar esos dos pasos, y me vi con un ramo de flores invisibles en la mano. Me diste los dos besos de toda la vida, como si fuera al campamento de verano, y aunque estaba previsto que volvería, como solía volver al final de todos los veranos, algo en mi velocidad y algo en tu lentitud era señal de que ninguno de los dos se lo creía.

Algo en el aire también estaba a punto de quebrarse y tuve el impulso de salir corriendo y no mirarte, pero tú me abrazaste, fuerte, y yo más, solo un instante, y luego me quité de tu abrazo, y abrí la puerta y bajé de dos en dos los escalones, como antes.

Tú te asomaste por el balcón para decirme adiós y yo me volví para mirarte y abrí los brazos y te hice una mímica de abrazo. Entonces, la mochila se me resbaló del hombro, y como me había olvidado de cerrarla, salió volando una de tus carpetas. Tu voz sonó desde el balcón, peor que cuando veníamos del cole y yo dejaba caer la cartera con los libros en un charco, pero no quise mirarte mientras la recogía y volví a andar bien rápido, muy rápido, como si se me hubiera hecho muy tarde.

Imaginé tus ojos en mi espalda, mirándome correr, y me vi, como si viera una película, andando a toda velocidad para no verte. Entonces, cuando ya iba a doblar la esquina, me detuve y me atreví a mirarte y vi que seguías ahí, pequeña y quieta, como una estatua, viéndome irme todavía, y volví a hacer la mímica de abrazarte fuerte, pero esta vez con la mochila bien cerrada. Y volví a ser el niño de la foto, con esas flores que me dieron para darte, y sin saber de dónde venía, me puse a llorar. Lo bueno es que ya estaba caminando y tú no podías verme.

Entonces crucé la esquina y supe que me había ido de casa.

9

Volvieron a atravesar Bogotá de norte a sur, pasaron
por la misma *olla* y ya nadie le dijo cómo debía esconder
su cartera. Sintió que era otra muy distinta de la que había
atravesado la ciudad dos meses antes; vio a su hijo apretando a Motitas, casi estrangulándolo, pero esa vez no dijo
nada, y lo abrazó más fuerte a medida que el taxi entraba
al barrio y los dos miraban cosas conocidas: la miscelánea
de la esquina, el centro de salud, la escuela, el parque con
esqueletos de columpios oxidados, la iglesia, el centro zo-
nal y el juzgado. Tenían que recoger unos papeles, antes de
ir al aeropuerto, y volvió a verificar que el nombre hubiera
quedado bien escrito, según había insistido el abogado.
Revise con lupa todos los papeles, sumercé, para que no
vaya a tener sorpresas en el aeropuerto, que allá friegan
por todo, le había dicho, y estaba verificando que hubieran puesto diéresis en todos los Müller, mientras miraba
también a Federico, sentado ahí, con esa ropa nueva y
grande, y con ese nombre tan nuevo y tan grande todavía.

   ¿Qué te parece Federico? ¿Federico García Müller?,
le había preguntado el día que fueron al juzgado, pero
él estaba distraído mirando alrededor. ¿A quién buscaba?,
recordó la sensación que había tenido de perderlo, mientras esperaban al juez ahí en la calle y ella solo pensaba en
que alguien podría reconocerlo y arrancárselo, y aunque
era absurdo, rezó como una niña y suplicó que no se lo
quitaran, y ahora, en la fila de migración, volvió a rezar y a
suplicar, con oraciones muy antiguas que no sabía de cuál
colegio recordaba, mientras abría los pasaportes, con un

miedo que tampoco sabía de dónde le salía, y casi lloró de alivio cuando empezaron a embarcar, primero a las familias *viajando con niños*.

Había pedido puestos en las sillas delanteras del avión, en la sección del medio, con la esperanza de que no se sentara nadie más a su lado, pero llegó una señora con su hijo y, por la dificultad para ajustar el cinturón de seguridad al tamaño del niño, Belén supuso que jamás habían viajado en avión. Los niños comenzaron a mirarse, primero con curiosidad y luego con esa familiaridad tan pronta de los niños, y mientras ella le sugería a la señora que guardara sus maletines y una gran bolsa de plástico en los compartimentos superiores, sus hijos empezaron a hacerse amigos. Se agarraron de los descansabrazos de sus sillas y levantaron los pies, como si más bien volaran en columpios, y se miraron con cara de emoción al despegar. Yo no he montado en avión pero no me *daaa miedoooo*, cantó el amigo, y los dos se agarraron de la mano mientras el avión se metía entre las nubes y la ciudad quedaba atrás. Dijo que se llamaba Antonio, que tenía siete años y que su mamá sí le tenía miedo a los aviones. La azafata les entregó una caja especial con chocolates, un librito de aviones para colorear y unas crayolas, y un rato después, cuando el piloto informó que sobrevolaban Venezuela, eran los mejores amigos. Hicieron una expedición al baño, jugaron hasta después de la cena y se durmieron con las cabezas pegadas. La mamá de Antonio le contó a Belén que iban a encontrarse con el papá, después de dos años sin verse, y Belén también le contó su historia del abrazo, mientras sus hijos dormían, y luego se ofreció para llenar los formularios de inmigración, con los datos que copió de sus pasaportes y con un papelito arrugado que la señora le entregó, donde salía la dirección de un domicilio en las afueras de Madrid, desconocido para ella.

—Nosotros tenemos que ir por esta fila y vosotros por esa. Hasta ahora —se despidió cuando bajaron del avión, y tomó a Federico de la mano.

—Yo voy con Antonio —protestó él, intentando soltarse, pero ella le explicó que más tarde, al recoger el equipaje, volverían a encontrarse.

—¿Federico García Müller? —preguntó el funcionario en la fila de ciudadanos de la Comunidad, como si nunca hubiera visto antes a un niño y a una madre tan distintos.

—¿Algún problema con mi hijo? —lo desafió ella, con esa seguridad de estar en territorio conocido, pero el funcionario se limitó a sellarles los pasaportes. Federico se devolvió varias veces para buscar a Antonio y ella agradeció que su estatura no le dejara ver la cara de angustia de la señora, detenida frente a una ventanilla. Antonio, gritó él; mamá, yo quiero con Antonio, y trató de rezagarse, como si de repente se le hubiera olvidado caminar.

—No podemos devolvernos de esta línea, hijo. Esa puerta no deja pasar al otro lado.

—¿Por qué?

—Porque se puede salir, pero no sirve para entrar: no lo permiten. Al cruzar esta línea, ya estamos en España y no podemos devolvernos.

—No quiero España. Yo quiero con Antonio, yo quiero Bobotá...

—Tenemos que recoger las maletas. Andando, hijo.

—Yo voy con Antonio. Antonioooo —gritó en la sala de equipajes—. Antonioooooooooo...

Ella lo agarró fuerte del brazo para subir al taxi y el aeropuerto desapareció.

Retrato de dos viendo retratos

¿Cuándo dejaste de mirarme?, te pregunté la víspera del viaje, mientras pasábamos las páginas del álbum y nos reíamos al ver la cantidad de fotos que me habías tomado al comienzo. Acabábamos de llegar del indio: cena de despedida, me habías invitado, con una solemnidad que yo no había sabido manejar, tal vez por eso no había pedido tantos platos, como siempre que peleábamos porque me preguntabas cómo era capaz de comer tanto. Tú lo notaste y yo te dije que ahora ibas a ahorrar mucho dinero; bonita hora, te reíste, y tenías agua en los ojos. Luego, cuando regresamos a casa, me diste aquella caja enorme, con todos esos papeles y esos álbumes. Obvio que no puedo llevármelos, había tratado de explicarte con argumentos lógicos: exceso de equipaje, pero tu lógica estaba en modo inactivo, y volví a preguntarte que cuándo habías dejado de hacer fotos: primer abrazo, primera noche aquí, primera noche allá, primera vez en el hotel, primera vez en el avión, primera casa, primer día de colegio: fotos y fotos de cada primer día… Tal vez hacemos fotos de los hijos hasta que se vuelven parte de la vida cotidiana y nos acostumbramos a mirarlos y a saber que no se romperán, que sobrevivirán, seguiste hablando, y me pareció que hablabas más para ti que para mí. Que hablabas como si ya me hubiera ido, pero luego me miraste con una luz distinta. Ahora el que hace fotos eres tú, ahora tú eres el artista, dijiste, y vi pasar un brillo, como de orgullo, por tu cara.

O tal vez las madres hacen fotos de los hijos hasta que se van en su barco particular, se me ocurrió seguir hablando en un idioma que entendiéramos, en el idioma del comienzo, pero tu cara estaba triste, ¿o distraída?, y tuve que explicarte: como Max, el de los monstruos, no me digas que ya no te acuerdas de los monstruos. Tú asentiste y te levantaste a doblar medias: si por alguna razón quieres regresar antes, recuerda que voy a estar aquí, dijiste mientras hacías parejas azules, blancas, grises, de mis medias. Trabajo no me faltará todo el verano con la nueva colección, espero que funcione, seguiste con los ojos clavados en las medias, y me pareció que todo brillaba con tus lágrimas. Cuál es la relación, te pregunté, como si se hubieran cambiado los papeles: cuál es la relación, solías decirme cuando no ponía atención a las lecturas y contestaba cualquier cosa, o cuando te decía que no podía dormir porque en la calle de Bobotá había monstruos. Cuál es la relación; ahora estamos en Madrid, intentabas tranquilizarme, pero yo insistía en los monstruos de la calle, en Bobotá, y ya no había palabras que sirvieran, hasta que te ponías a cantarme: *cabeza de coco, grano de café*, y cantabas y cantabas, la misma canción, *repeat, repeat*, al lado de mi cama.

Entonces yo no quería dormirme, para no dejarte ir.

Y ahora era al contrario.

Esa noche había puesto la cámara en el trípode, sin que te dieras cuenta, había calculado el tiempo que me podría tomar sentarme a tu lado y seguir oyendo tus historias, y ahora, cuando ya estaba por acabarse allá el verano, seguíamos los dos, aquí y allá, congelados en esa foto, mirando viejos álbumes. Y mientras buscaba los hilos que faltaban para armar la exposición volvías a aparecer en los espacios, entre Viri y Baby Doll y la Momia y el caño y los pelaos y entre la serie de *Luz y el niño* y la fuente de periódico y las carcajadas tan *infantiles* de esos pelaos, tan infantiles como decías que era yo cuando te ponías furiosa porque no tomaba en serio los deberes.

En esos tiempos tenías que contarme todo, una y otra y otra vez, sin cambiar una palabra. Fotos habladas, pedía, cuando los cuentos no bastaban, la *úntima vess,* mamá, la historia del abrazo y la del nombre del amor y la del libro del abuelo y la del primer verano y la del perro del noveno, te suplicaba, para volver a repasar cada detalle, como si mi historia dependiera de tus palabras. Entonces tenías que hilar una foto con la otra y con la otra, para que no quedaran huecos ni lagunas, y aquella noche, en esa despedida, habías vuelto a contarme la historia de corrido, como antes, sin saltarte una palabra. Y yo había vuelto a preguntar lo mismo que te había preguntado cada vez: lo mismo que no tenía respuesta. Pero esta vez era distinto: esta vez no habías intentado cambiar silencios por palabras.

Fotos habladas. Quería darte las gracias por el título y por haberme casi obligado a traer los álbumes, pero había cosas más urgentes de decir y no podía mezclarlas: al pan, pan, solías decirme cuando me iba por las ramas.

He decidido quedarme un tiempo más aquí, terminando de armar mi exposición, y trabajando con Viridiana en Sol Naciente. Me cambiarán el hospedaje y la comida por trabajo y una fundación canadiense financiará el video de los muchachos desvinculados de grupos armados. Son buena gente, no tengas miedo. La buena noticia es que no tendrás que mandarme más dinero… a menos que tú quieras… La otra decisión, si no te importa, es cambiar el pasaje de regreso, que no utilizaré. He pensado que podría valer por varios pasajes dentro de Colombia…

En cualquier caso, quiero quedarme ~~un tiempo~~ y dar una vuelta por todo el país haciendo fotos. Ya averigüé con mi tutor y la exposición vale como trabajo de grado. Y aunque todavía no he preguntado si la fundación canadiense podría financiar un porcentaje del pasaje de regreso, ~~suponiendo que quisiera regresar~~, lo único que tengo claro es que me apoyarán en el montaje de la exposición y algo me pagarán… y ya iré viendo. Se llamará «Fotos habladas», como las que tú me contabas por las noches, cuando mirábamos los álbumes. Al menos tengo el título y tú sabes, como buena editora, que el título es bastante.

Espero que no te pongas triste. En cuanto entregue el guion de imágenes te busco por Skype y hablamos largo de todo esto, pero de hoy no podía pasar. Tenía que decírtelo.

Un beso, Fede

Iba a poner te quiero, pero tampoco era nuestro estilo, y se fue así, sin releer. Ya era de madrugada, y había una cantidad de fotos que no sabía dónde poner, que no encajaban.

10

Las fotos familiares seguían ahí, en la mesita de la entrada, y vio unas flores que seguramente había llevado Ángels. Le dijo esta es tu casa, tesoro, y fue nombrando cada rincón que recorrían: *tu* cocina, *tu* sala, *tu* dormitorio, *tu* cama, *tu* almohada, *tus* libros, *tus* juguetes, *tu* armario, *tu* baño, *tu* mesita, como si nada antes de ese día hubiera tenido nombre, como si el nombre se encarnara en cada posesivo: todo *tuyo,* hijo; este es *tu* nuevo mundo. Él solo la miraba y lo miraba todo, en esa vieja casa silenciosa y ordenada, toda hecha para él, toda contada y recorrida para él, sin atreverse a tocar nada, como si estuviera de visita, como si todo fuera de mirar y no tocar.

Belén bajó de la estantería un bus rojo de dos pisos que le había comprado antes del viaje y él lo estrenó sobre la alfombra de su cuarto, con menos entusiasmo del que ella había esperado. Entonces preguntó por su camión.

—Ahora, después de comer, sacamos la ropa y lo buscamos —le contestó, pero él insistió con esa cara que ella ya le conocía. Con las manos metidas en la boca, a punto de llorar.

—No recuerdo en cuál de las maletas lo he guardado —dijo, y acostó la maleta grande y empezó a sacar alguna ropa, primero con cuidado y luego, a medida que él repetía dónde está mi camión, revolviendo lo sucio con lo limpio. Y siguió tirando ropa y libros y la bolsa de cosméticos y el champú que había mojado unas camisas, con la mirada de su hijo clavada en esas cosas venidas de otro mundo, de repente tan lejano. Ese niño dócil que había cruzado el mar en un avión se lanzó al piso para desparramar el contenido de la maleta en busca de un camión de plástico, como si nada más contara, como si todo lo que ella había dispuesto para él en tantos meses de preparativos, en tantos años de esperarlo no importara, como si se jugara la vida buscando un camioncito roto de antes del abrazo que ni siquiera se sabía de dónde había salido. ¿Se habrá quedado en el hotel?, pensó, sin decir nada, pero él pareció leerle el pensamiento y su cara fue mudando de incertidumbre a pánico. Ella abrió la maleta más pequeña y siguió sacando cosas. ¿Qué te parece si comemos algo y luego buscamos con cuidado?, ¿qué te parece si ahora juegas con el bus?, pero él comenzó a tirar zapatos, medias, pantalones, pijamas, calzoncillos… Primero vamos a comer, es eso, tienes hambre, y después buscamos con cuidado, le dijo más enérgica, haciendo un esfuerzo por calmarlo. Mi camión, dijo él, mi *camionssito*, repitió, primero en tono monocorde, casi como si fuera una plegaria, mi *camionssito, camionssito*, y ahora caía ropa cada vez más lejos y la sala era un campo de batalla con un zapato allí, un libro más allá, con ropa interior impúdicamente expuesta por la casa. Mi *camionssito*, siguió subiendo el tono, y estrelló el perfume Chanel contra la pared del comedor. Ella se lanzó a recoger el frasco y cuando descubrió que estaba intacto perdió la dosis de cordura que quedaba en esa casa y lo agarró fuerte, más fuerte, más fuerte, del brazo que dolía, con él también fuera de sí, mi *camionssito*, sin marcha atrás, llorando con un dolor que parecía salirle de las tripas. Como pudo, lo aprisionó de los dos brazos, su corazón latiendo fuerte, y le gritó basta, pero él siguió forcejeando y ella volvió a gritarle, ya basta, te calmas, Federico, y él también gritó yo no me llamo Ferico, *yo ya no soy Ferico, nunca más*, con una cara de dolor que ella no le conocía, o quizás sí. Y no supo qué hacer y se puso a llorar al lado de él. Lloraron juntos, sentados en el piso, sin mirarse.

—Te prometo que va a aparecer tu camioncito, pero antes vamos a comer y duermes una siesta —pudo decirle al fin—. Ha sido un largo viaje. ¿Tienes hambre?

Por primera vez dijo que no. Yo quiero mi camión, repitió, ahora en tono suplicante, casi resignado, y ella le dijo sí, tesoro, en el hotel de Bogotá no se ha quedado nada. En algún lugar está tu camioncito, ya lo verás, va a aparecer. Y repitió, va a aparecer, va a aparecer, como si fuera un mantra, y fue a traer papel para secarle las lágrimas y le volvió a decir ha sido un largo viaje, y lo dejó ahí, sentado al lado de esas dos maletas, custodiándolas.

Comieron en silencio. ¿Le gustaré como mamá?, volvió la frase. Necesitaba descansar, les había dicho a todos, para que nadie fuera al aeropuerto. Necesito un tiempo de llegar, tiempo de acople, los dos solos, pero ahora lo habría dado todo por que alguien estuviera ahí y le dijera no pasa nada, ya lo verás, es el cansancio, es el *jet lag*, son tantas emociones. Su hijo, ya recuperado, no daba señales de cansancio y ahora corría sin parar, de un cuarto a otro, mirando los juguetes, saltando sobre la cama, arrugando las sábanas de dálmatas y la manta de estrellas, abriendo a la vez todos los cuentos que ella le había dispuesto en esa estantería, perfectamente organizada por géneros y autores. Lo vio andar nerviosamente por la casa, como si ya quisiera irse, como si una vez cumplido el rito de llegar hubiera marcha atrás, como si existiera una remota posibilidad de regresar.

—Tengo una idea. Te vas a dar un baño y luego organizamos las maletas. ¿Vale?

—Vale —dijo derrotado.

Llenó la bañera y vio el jabón que había dejado en la mitad y recordó la víspera del viaje: su maleta a punto de cerrarse en el recuerdo, el oso polar, la ropa absurdamente grande que le había comprado, y se vio ella, tan diferente de la que había llegado. ¿Era eso ser mamá? Dejó a su hijo chapoteando feliz en la bañera: de nuevo, el niño dócil y apacible que había venido de tan lejos, el niño que ella conocía, y sintió que no iba a ser tan fácil, que ese otro niño también era su hijo, pero espantó la idea y se puso a escuchar mensajes atrasados en el contestador y comenzó a ordenar las cosas de las dos maletas, hasta que por fin salió el camioncito y le gritó que ya lo había encontrado, pero su hijo ahora tenía otro problema y era que no quería salirse: cinco minutos más, mamá: cinco minutos, *ota vess*. Ya nunca más vas a estar sola, volvió a sonar la frase de su madre. Guardar la ropa, poner a funcionar la lavadora. Hacer la lista de la compra y buscar una niñera: ¡urgentemente! Guardar el expediente de su hijo y los pasaportes en el cajón de documentos importantes. Llegar desde otro mundo, atravesar el mar, cambiar las horas. Y todavía, ni señas de acabarse el día.

—Mamá, yaaaa —oyó por fin la voz de Federico, cuando iba a mirar las cuentas por pagar en la mesita de la entrada.

—Voy, tesoro.

Corrió a buscar una toalla y dejó las cuentas revueltas, al lado de las maletas. ¿Así que eso era todo? ¿Tan fácil y tan difícil era todo?

—Mamá: si me porto mal, ¿me vas a regalar?

—¿Qué dices, mi niño?

—Si me porto mal y no me quieres, ¿puedo volver a la puerta de Bobotá?

—Aunque te portes mal, te quedarás conmigo. Siempre —le dijo y lo tapó con la manta de estrellas y puso el camión amarillo al lado de Motitas—. Estás cansado, duérmete.

—¿Pero mañana vamos a Bobotá?

—Mañana no, tesoro. Tenemos que guardar toda la ropa que trajimos.

—¿Entonces el día después de mañana?

—El día después de mañana vas a conocer a la abuela.

—¿Y el día después de después de mañana?

—Tenemos que ir al mercado.

—¿Y después sí vamos a Bobotá?

—Después iremos a otro paseo. *Cabeza de coco, grano de café... duérmete negrito,* y le cantó hasta estar segura de que dormía.

Metonimia

(Guion para el montaje)

La parte que falta es el principio, pero nadie se acuerda del principio.

No hay rostro ni olor ni tacto ni sabor.

Abrí los ojos y no estaba.

No está. Se fue: son las primeras palabras.

¿A dónde se fue?

Tal vez me cansé de preguntar. Abrí los ojos y no estaba.

Me había portado bien todos estos años para mirarme en su mirada. Era una sensación: eso bastaba.

Y de repente, nunca más. Nunca jamás.

Aquí estoy yo, pasando páginas del álbum.

Vine a buscar mi casa, pero esta no es mi casa.

¿Qué significa tener casa?

No era tan grave.

¿O sí?

Una mujer me entrega un camión de plástico amarillo y un papelito. Se va, se va, se va.

Es hora de olvidar lo que esperaba recordar.

Qué raro es el lenguaje: hay sensaciones que no se llevan bien con las palabras.

...

Un niño va en un taxi amarillo, con un camión amarillo.

Va sentado en las rodillas de una mujer. El sol es amarillo.

Hay un sabor: mora y vainilla.

Ahora la historia es toda tuya. Ahora no hay más fotos en el álbum.

Este también soy yo. Camino por un caño y hace sol y luego llueve.
¿Te acuerdas de la lluvia y el sol de Bogotá?
La lluvia y el sol.
La luz, la oscuridad.
Y en medio está tu voz, hilando imágenes dispersas: hilándome la vida con palabras.
La luz, la voz.
Retratos sin caras. La parte por el todo.
Tu rostro que descifro y escudriño, detrás del ojo de la cámara.

Índice

Sobre la autora

Yolanda Reyes (Bucaramanga, 1959) es escritora y educadora. Fue una de las fundadoras de Espantapájaros (Bogotá), un proyecto pionero en el fomento de la lectura desde la primera infancia. Es autora de numerosos ensayos que recogen su trabajo de investigación en torno a la formación de lectores y ha asesorado a diversas organizaciones nacionales e internacionales en el diseño de programas y lineamientos sobre políticas de infancia, lectura y literatura.

Desde hace más de diez años es columnista habitual del diario *El Tiempo* de Bogotá y obtuvo Mención Especial en el Premio Simón Bolívar de Periodismo por su columna "El ADN de Colombia". Dirige la colección "Nidos para la Lectura" de Alfaguara, que ha rescatado, editado y divulgado un conjunto de obras destacadas de la literatura infantil.

Entre sus obras literarias figuran *El terror de Sexto B* (1994), Premio Fundalectura, seleccionado en la lista de honor The White Ravens y en "Los mejores libros para niños" del Banco del Libro de Venezuela, *Los años terribles* (2000), Beca de Creación Literaria del Ministerio de Cultura de Colombia y finalista en el Premio Norma-Fundalectura, *Una cama para tres* (2004), lista de honor The White Ravens y *Pasajera en tránsito* (2006), seleccionada por la revista *Arcadia* de Colombia como uno de los diez mejores libros del año 2007 en la categoría de ficción. Otros de sus títulos más conocidos son *Los agujeros negros*, *El libro que canta*, *Cucú*, *Ernestina la gallina*, *Mi mascota* y el ensayo *La Casa imaginaria: lectura y literatura en la primera infancia*.